史街背影

庹震 著

新星出版社 NEW STAR PRESS

图书在版编目（CIP）数据

史街背影／庹震著．—北京：新星出版社，2012.1
ISBN 978 – 7 – 5133 – 0426 – 9

Ⅰ.①史… Ⅱ.①庹… Ⅲ.①散文集 – 中国 – 当代
Ⅳ.①I267

中国版本图书馆 CIP 数据核字（2011）第 218407 号

史街背影

庹震　著

责任编辑：王楷威
封面设计：九　一
责任印制：韦　舰

出版发行：新星出版社
出 版 人：谢　刚
社　　址：北京市西城区车公庄大街丙 3 号楼　100044
网　　址：www. newstarpress. com
电　　话：010-88310888
传　　真：010-65270449
法律顾问：北京市大成律师事务所

读者服务：010-88310888　service@ newstarpress. com
邮购地址：北京市西城区车公庄大街丙 3 号楼　100044

印　　刷：三河市南阳印刷有限公司
开　　本：880 × 1230　1/32
印　　张：10
字　　数：150 千字
版　　次：2012 年 1 月第一版　2012 年 1 月第一次印刷
书　　号：ISBN 978 – 7 – 5133 – 0426 – 9
定　　价：32.00 元

目录

1

序

范敬宜

历史和新闻是两门不同的学问，又是两门相通的学问。

历史是过去的记录，新闻是现在的记录。

历史是当时的新闻，新闻是未来的历史。

历史是新闻的积淀，新闻是历史的瞬间。

研究昨天的历史，可以了解今天新闻发生的由来和走势；研究今天的新闻，可以了解历史发展的必然和延续。

所以古人说：以史为镜，可以知兴替。这句话也可以倒过来说：以新闻为鉴，可以明因果。

"后之视今，亦犹今之视昔。"这是王羲之的历史观。"折戟沉沙铁未销，自将磨洗认前朝。"这是杜牧的新闻观。前者强调的是要把今天发生的新闻放到历史的长河里去认识过去；后者强调的是要从以前发生的新闻中去学会把握未来。

于是，出现这样有趣的反差：写历史要求有现实感，写新闻却要求有历史感。

不了解历史，就不善于发现新闻；不了解新闻，就难以理解历史。

新闻工作者不懂历史，便会流于浅薄，容易犯形而上学的错误；历史学者不懂新闻，便会陷于僵化，容易犯机械唯物论的毛病。

优秀的新闻工作者肯定是两者的结合，邵飘萍、戈公振、邹韬奋、邓拓等为其代表；优秀的历史学者也肯定是两者的结合，郭沫若、翦伯赞、胡愈之、吴晗即是典型。

博古方能通今，博古为了通今。

如果没有深沉的历史思考，邓拓就写不出振聋发聩的《燕山夜话》；如果没有清醒的现实观察，吴晗就写不成震撼人心的《海瑞罢官》。

时代多么需要这样"兼美"的新闻工作者和历史学者！可惜的是，在快节奏的现代生活中，新闻工作者容易忘记历史，历史学者容易忽视现实。

我过去一再强调新闻工作者要提高"学养"，历史知识的修养就是其中一个重要内容。

于是，就要提到庹震同志的这本书。

庹震在这部书的后记里说，书名定为《史街背影》，只是想让读者站在历史长街口望一望模糊的历史背影。这是他的谦虚之词，远远不能说明这部书的价值所在。

我以为，《史街背影》应当视为一部用历史唯物主义眼光写出来的通俗、简要的"史论"。

中国史学家有撰写"史论"的传统。最著名的当然是宋代司马光的《资治通鉴》，其后又有明代顾炎武的《天下郡国利病书》和谈迁的《国榷》，清代赵翼的《二十二史札记》和吴乘权等编撰的《纲鉴易知录》，等等。这些史论有一个共同的特点，就是以史为镜，总结历代盛衰、兴替、治乱的经验教训以及历史规律，供当代治国借鉴。史论不是史实的客观列叙，重在有明确、精辟的观点，能够起到警策后人的作用。正因为如此，史论的撰写比通史或以古喻今的读史随感难度更大，也更难把握。它不仅要求作者熟悉历史，而且要求能够融会贯通，把治史的科学性、论史的针对性、写史的生动性有机地结合起来。从这个意义上说，庹震同志丰富的新闻工作阅历帮了他的大忙。他对当代社会的深刻观察和思考，在这本书里得到充分的反映。

庹震是一位年轻有为的新闻工作者。由于曾经和他共事八年，自以为对他已十分了解，而且经常夸奖他的思维敏捷，文笔出众。及至读到这本书稿，我是惊喜交加。惊的是相处这么久，竟然对他在历史方面的研究有如此造诣毫无所知，实在是"失察"加失敬，不能不佩服他的"深藏不露"。喜的是他正在用自己的实践，探索一条学者型新闻工作者的道路，为新闻界如何提高学养提供了很好的范例。几十年来，从毛泽东同志到江泽民同志，都一再强调新闻工作者要学点历史，但是真正身体力行的人，实在是太少了。原因说起来无非是搞新闻太忙，没有时间。忙是事实，然而要说忙，庹震可算是够忙的，他哪来那么多读史的时间呢？毋庸细问，都是一点一滴挤出来的，而且不仅要读，还要思，还要写。这耐得寂寞、抗得纷扰的精神，就够人学习的了。

正因为如此，当庹震要我为这本书写点什么的时候，我实在无法推辞。在他面前，我还好意思用"忙"字来作托词吗？

1999 年 12 月 27 日凌晨

舜：
说君论臣之课

在漫长的封建社会里，居高位而率万民，君臣的"合作"理想模式是什么？历朝历代，更新替换的东西很多，而"明君贤臣者谁"的话题总是相当的沉重。如果说刘邦有萧何是幸、唐太宗有魏徵是福，那秦二世有赵高便是灾、宋徽宗有蔡京更是祸。这是从一方面讲的。换一个角度看，范增遇项羽是灾，海瑞遇嘉靖帝是祸。如果再说到一个个弑君戮臣的悲剧，那可惜可叹可悲可恨的事情就太多了。读国史，研究起这"君臣关系"，不能不说到舜帝与大禹、皋陶、伯夷的一次深入的交谈，追根溯源，这几乎是君臣的第一堂课。

划分历史的段落，面对漫长的历史岁月，有多种分法。将人类社会划分为"原始社会"、"奴隶社会"、"封建社会"、"资本主义社会"、"社会主义社会"、"共产主义社会"，这是一种科学的划分方法。在中国，在"封建社会"之后，又有了一个"半封建半殖民地社会"。还有一种分法，是将中国的历史，分为"神话时代"、"传说时代"、"半信史时代"、"信史时代"。这种分法，不是从社会的政治经济制度的角度考虑问题，而是从语言（口语或书面语）记史的角度，也算一种套路。按这个分法，"神话时代"，说的是"开天辟地"后的故事，有"天皇"、"地皇"、"人皇"，有"有巢氏"、"燧人氏"、"伏羲氏"、"女娲氏"、"神农氏"。"传说时代"，说的是"黄帝轩辕"、"帝颛顼"、"帝喾"、"帝尧"、"帝舜"。"半信史时代"，说的是 3 个王朝，即夏、商、周，这"一大段"，共约一千多年时间，够漫长的了。这个"君臣第一课"的故事，就发生在这"一大段"开始前夕，也就是帝舜一朝的后期。这个时候，中国还处在原始社会的末期，夏禹的威望正在上升之中。确切地说，这个时候的"君臣"与封建社会的"君臣"还有许多的不同。

尽管如此，社会已经初步形成了"国君"与"辅臣"之间的政治关系体系。

这"君臣第一课"的一幕出现之前，发生了大禹治水的故事。当尧帝在位的时候，洪水滔天，泛滥成灾，大水包围了山岭，淹没了家园，百姓处于危难之中。尧帝十分着急，四处找寻能治理洪水的能人。不少人推荐了鲧。刚开始，尧帝有点犹豫，他对人说："鲧为人违背命令，摧残同类，不可用。"但是在一些有威望的人的极力推荐下，尧帝还是妥协了，同意派鲧去治水。九年过去了，大地依然是洪水滔滔，不见水患消除。这时，尧帝发现了舜，由舜代替天子管理国政，巡视各地事务。舜对鲧的失职作了处罚，把鲧流放到了羽山，直到鲧死在那里。舜又让人推荐治水的人，大家想来想去，觉得鲧的儿子大禹是这方面的人才。

大禹这个人，实际上是黄帝的玄孙。他为人机敏，品行端正，诚实可靠，办事又勤勉细致，很有威望和号召力。接受了治水的使命后，大禹"劳身焦思，居外十三年，过家门而不敢入。薄衣食，致孝于鬼神。卑宫室，致费于沟淢"。他在益和后稷的帮助下，开辟了九州，疏通了九条河道，筑堤修治了九大湖泊，凿通了九座大

3

山。这些惊天动地的举措，使引发洪水的自然地理环境得到了彻底改造，用疏导的办法解决了水患问题。大禹还让益发给民众稻种，让后稷给缺粮的人发放救济粮，因而深得人心。

大禹的作为，令舜十分满意和高兴。他对大禹进行了奖励，还诏告天下，宣布治水大业的成功。正是在这个历史背景下，君臣之间开了一场特别的"谈心会"。

这是《史记》上的一段记述，我们不妨再好好读一读：

　　皋陶作士以理民。帝舜朝，禹、伯夷、皋陶相与语帝前。皋陶述其谋曰："信其道德，谋明辅和。"禹曰："然。如何？"皋陶曰："於！慎其身修，思长，敦序九族，众明高翼，近可远在已。"禹拜美言，曰："然。"皋陶曰："於！在知人，在安民。"禹曰："吁！皆若是，惟帝其难之。知人则智，能官人；能安民则惠，黎民怀之。能知能惠，何忧乎驩兜，何迁乎有苗，何畏乎巧言善色佞人？"皋陶曰："然，於！亦行有九德，亦言其有德。"乃言曰："始事事，宽而栗，柔而立，愿而共，治而敬，扰而毅，直而温，简而廉，刚而实，强而义，章其有常，吉哉。日宣三德，蚤夜翊明有家。日严振敬六德，亮采有国。翕受普施，九德咸事，俊乂在官，百史肃谨。毋教邪淫奇谋。非其人居其官，是谓乱天事。天讨有罪，五刑五用哉。吾言厎可行乎？"禹曰："女言致可绩行。"皋陶曰："余未有知，思赞道哉。"

帝舜谓禹曰："女亦昌言。"禹拜曰："於，予何言！予思日孳孳。"皋陶难禹曰："何谓孳孳？"禹曰："鸿水滔天，浩浩怀山襄陵，下民皆服于水。予陆行乘车，水行乘舟，泥行乘撬，山行乘陆，行山刊木。与益予众庶稻鲜食。以决九川致四海，浚畎浍致之川。与稷予众庶难得之食。食少，调有余补不足，徙居。众民乃定，万国为治。"皋陶曰："然，此而美也。"

禹曰："於，帝！慎乃在位，安尔止。辅德，天下大应。清意以昭待上帝命，天其重命用休。"帝曰："吁，臣哉，臣哉！臣作朕股肱耳目。予欲左右有民，女辅之。余欲观古人之象，

5

日月星辰，作文绣服色，女明之。予欲闻六律五声八音，来始滑，以出入五言，女听。予即辟，女匡拂予。女无面谀，退而谤予。敬四辅臣。诸众谗嬖臣，君德诚施皆清矣。"禹曰："然，帝即不时，布同善恶则毋功。"

帝曰："毋若丹朱傲，维慢游是好，毋水舟行，朋淫于家，用绝其世。予不能顺是。"禹曰："予娶涂山，辛壬癸甲，生启，予不子，以故能成水土功，辅成五服，至于五千里，州十二师，外薄四海，咸建五长，各道有功。苗顽不即功，帝其念哉。"帝曰："道吾德，乃女功序之也。"

皋陶于是敬禹之德，令民皆则禹。不如言，刑从之。舜德大明。

于是夔行乐，祖考至，群后相让，鸟兽翔舞，箫韶九成，凤皇来仪，百兽率舞，百官信谐。帝用此作歌曰："陟天之命，维时维几。"乃歌曰："股肱喜哉，元首起哉，百工熙哉！"皋陶拜手稽首扬言曰："念哉，率为兴事，慎乃宪，敬哉！"乃更为歌曰："元首明哉，股肱良哉，庶事康哉！"又歌曰："元首丛脞哉，股肱惰哉，万事堕哉！"

帝拜曰："然，往钦哉！"于是天下皆宗禹之明度数声乐，为山川神主。

这段文字，优美而流畅，有现场感，更有亲切感，可以说从始至终洋溢着一种其乐融融的和谐气氛。

透过君臣的对白中的"警句"，可以感觉到一种对后世影响深远的东西，那就是何为明君、何为贤臣的"标准"，以及为君为臣之道：

——"信其道德，谋明辅和"（果真按道理行事，便会谋划高明，臣下和谐）；

——"知人则智，能官人；能安民则惠，黎民怀之"（能了解人才，就算明智，这样就能恰当地用人为官；能安定民众，就称得上仁爱，这样就能得到百姓拥戴）；

——"慎乃在位，安尔止。辅德，天下大应"（处在高位要谨慎，要安于举止，不可轻率行动。辅佐的臣子有德行，天下的百姓就会顺应）；

——"予即辟，女匡拂予"（帝王如果有不正当的言行，辅臣要及时进行纠正）；

——"敬四辅臣"（帝王要敬重前后左右辅佐的大臣）；

——"女无面谀，退而谤予"（臣下不要当面恭维帝王，背后却又在说坏话）；

——"诸众谗嬖臣，君德诚施皆清矣"（对那些谄媚奸邪的臣子，只要君主的德行真正到了位，没有不能清除的）；

——"帝即不时，布同善恶则毋功"（帝王如果不辨黑白，好人坏人一样任用，就难以做成什么事情）；

——"元首明哉，股肱良哉，庶事康哉"（一国之君英明有为，栋梁之臣贤良忠直，国家的各项事业才会兴旺发达，蒸蒸日上）；

——"元首丛脞哉，股肱惰哉，万事堕哉"（帝王碌碌无为，胸无大志，臣下就会懈怠，各种事业就会败坏）；

......

这一席话，君劝臣来臣劝君，有明示，也有启发；有忠告，也有警告；有期待，更有寄望。这的确是有记载以来论述君臣关系、君臣职责较早较完整的记述。在此后的岁月里，君君臣臣，风风雨雨，多少云烟，多少故事？败亡者中，不论谁错谁过，就其因果而言，是否早已被舜与禹等人的这堂课所预见？世间万物，都有来去的规律及客观定位，亦有存在、运转的环境和条件。

　　说起"君臣第一课"的影响，还真是不可低估。在公元前479年，中国历史上的一位圣人孔夫子去世了。随后，他的名气一天比一天大，他的影响一天比一天深远。他和他的弟子们相处时的谈话录《论语》里凝结了他的思想。读几遍《论语》，人们就会发现，孔老先生和他的弟子们的许多思想，与"君臣第一课"中的理念是一脉相承的。比如《论语·八佾》中"定公问：君使臣、臣事君，如之何？孔子对曰：君使臣以礼，臣事君以忠"。这个"礼"与"敬四辅臣"，这个"忠"与"女无面诔，退而谤予"，何等的契合？比如《论语·述而》中有"子在齐闻《韶》三月不知肉味，曰：不图为乐之至于斯也"。这个《韶》，有说就是舜帝的雅乐，在"君臣第一课"上演奏时，达到了"鸟兽翔舞"的境界。孔老先生不只是说《韶》，而是赞赏上古时代的文治的尽善尽美。比如《论语·泰伯》中孔子说："巍巍乎！舜、禹之有天下也而不与焉。""舜有五臣而天下治。""禹，吾无间然矣。"《论语·颜渊》中有"季康子问政于孔子，孔子对曰：政者，正也。子帅以正，孰敢不正"？这些说法，与"元首明哉，股肱良哉，庶事康哉"，与"元首丛脞哉，股肱惰哉，万事堕哉"，又何等的同义？《论语·季氏》中有"君子有九思，视思明、听思聪、色思温、貌思恭、言思忠、事思敬、忿思难、见得思义"。《论语·阳货》中有"恭、宽、信、敏、惠。恭则不侮，宽则得众，信则人任焉，敏则有功，惠则足以使人"。这些思想，在"君臣第一课"中也都可以找到源头。

封建社会里君臣之间的合作关系，有各种各样的类型。唐太宗与魏徵，可以说是封建社会里最为经典的一对君臣关系了，一千多年来一直被传为佳话。在魏徵所理解和描述的君臣关系里，就显而易见地受到了这"君臣第一课"的影响。在经历了一段与太宗的不快之后（有人状告魏徵徇私，太宗派人暗查），魏徵与太宗有过一次谈心。他希望太宗要做舜帝那样的明君，而不要做商纣王那样的昏君，而自己则要做皋陶那样的良臣。这个意思，实际上就是舜帝、大禹、皋陶在"谈心会"上说到的"元首明哉，股肱良哉"。不仅如此，两个人还谈到了忠臣和良臣的区别。魏徵说："臣闻君臣同体，宜相与尽诚；若上下俱存形迹，则国之兴丧未可知。""臣幸得奉事陛下，愿使臣为良臣，勿为忠臣。"太宗问道："忠、良有以异乎？"魏徵回答说："稷、契、皋陶，

10

君臣协心，俱享尊荣，所谓良臣。龙逢、比干，面折廷争，身诈国亡，所谓忠臣。"太宗听了十分高兴，立即"赐绢五百匹"。

在封建社会政治生活中处于关键位置的人物之间，什么样的"标准尺度"在约束、激励着人们的言行，两千年间的事例变化多端，归纳叙述起来也颇为困难。"君臣第一课"揭示的理念，既"承前"，又"启后"，在中国封建时代政治生活中的作用不可低估。治天下之要，在于懂得民安、民富、民乐之理。因"说理"易、"走理"难，在中国历史上，昏君不少，乱臣亦常见，这些昏君乱臣在做坏事时可曾想到这"君臣第一课"上的"正道"吗？君有君规，臣有臣规，该做什么，不该做什么，"君臣第一课"讲得明明白白，但是，历朝历代的"越轨者"依然是我行我素，将"祖训"丢得干干净净，又说明了什么？主观上人的素质修养固然是一方面，更深层的原因恐怕还在封建社会的体制上。

信陵君：

"这一个"与"这一类"

　　汉代贾谊的《过秦论》是一篇很有影响的文章。在讲述秦国由盛到衰的过程时，文章谈到了被秦灭掉的六国。在谈到六国的人才时，又特意提到了"齐有孟尝，赵有平原，楚有春申，魏有信陵"，对他们的评价是："此四君者，皆明智而忠信，宽厚而爱人，尊贤而重士。"贾谊这里赞扬六国的人物，是要说明：六国不是没有可以成就一番大业的人才，四君子便是证明，但是六国终于被秦所灭。这里实在是另有他因。

　　《阿房宫赋》中有这么一句话，能够说到根本上：

"灭六国者，六国也，非秦也；族秦者，秦也，非天下也。""自毁长城"，六国如此，秦国亦如此。比如这六国中的魏国，有信陵君本是万幸，但信陵君的遭遇，可谓是魏国的万不幸。在信陵君死后十八年，魏国国都被秦军攻克，魏国国王也成了俘虏。许多时候，在相当关键的事情上，等到人们懂了，已经晚了。魏国的故事就是一例。

信陵君的威望和影响，在他活着的时候已经很大。"公子为人，仁而下士，士无贤不肖，皆谦而礼交之，不敢以其富贵骄士。士以此方数千里争往归之，致食客三千人。当是时，诸侯以公子贤多客，不敢加兵谋魏十余年。"信陵君死后，名气就更大。司马迁先生给他的评价极高："名冠诸侯，不虚耳。"汉高祖刘邦登皇位后每次路过当年的魏都大梁城，都要祭祀信陵君。不仅如此，刘邦还专门命令迁来五户人家，世代为信陵君守墓。汉以后的历朝历代，也都有很多对信陵君的好评。

那么，我们来看看信陵君的经历，想想信陵君给后人留下的是一个什么样的问号。

公元前 277 年，魏昭王逝世。继任的是他的儿子圉，这就是魏安釐王。公元前 276 年，秦国派兵攻击魏国，夺走了两座城池。也是在这一年，魏安釐王封自己的同父异母弟魏无忌为"信陵君"。公元前275年，秦军再攻魏国，包围了魏国国都大梁，也就是今天的河南省开封市。魏国连连打败仗，不得不割城求和。公元前268年，秦国用从魏国逃来的范雎的战略，派兵攻击魏国，占领了魏国的怀邑。在与魏国打仗的同时，秦军还不时攻伐他国，一个挡不住的大势是：秦国的胃口越来越大。这时候的各国都有一种朝不保夕的危机感，除了彼此间的勾心斗角外，有的靠出卖别国换得暂时的平安，有的靠割让土地求得自保，有的表示愿附属秦国，有的还在做着"南北合纵联盟"的梦。在这个历史关头，信陵君做了两件很有影响的大事，一件是窃兵符救赵，一件是返魏率五国军队将秦军赶回函谷关。

公元前259年，秦将王陵率大军进攻赵国。王陵出师不利，部队伤亡惨重。秦国一边换将，一边增兵。很快，赵国便处在危险之中。赵孝成王向楚国和魏国求援，楚考烈王在赵国的毛遂的慷慨陈词下，派大将黄歇率军救赵。魏安釐王也算有行动，他派大将晋鄙率十万大军北上。看到这个情况，秦国很是不高兴。秦国国王派人带话给魏安釐王："吾攻赵旦暮且下，而诸侯敢救

14

者，已拔赵，必移兵先击之。"这是公开的警告。听了
这话，魏安釐王真的犹豫了，他何曾不怕这军力强大的
秦国？思来想去，目光短浅的魏安釐王下令晋鄙停止前
行，驻扎在邺城观望。不仅如此，魏安釐王还派人去
游说赵孝成王赵丹，劝赵丹和自己一起，联名尊奉秦国
国王为"帝"，以求得一时的偷安。正在这个时候，赵
国的平原君赵胜和他的妻子，也就是魏信陵君的姐姐，
不断向信陵君求助，希望信陵君能出面说服魏安釐王
让大将晋鄙出兵。魏安釐王听不进劝告，信陵君一筹莫
展。后来有人跟信陵君出了一个几乎是没有"退路"的
"险招"："偷兵符"。怎么偷呢？信陵君曾帮过国王最
宠爱的如姬报杀父之仇，如姬一直没有报恩的机会。如
果信陵君求如姬将魏安釐王房里的兵符偷出，就可以
统帅十万魏军破秦军，建立功业。思来想去，没有更好
的办法。信陵君只好求如姬偷拿兵符，如姬果然有恩
必报，帮了这个"大忙"。得到兵符，信陵君来到魏军
大营，假传魏安釐王的命令，要晋鄙立刻交出兵权。当
晋鄙怀疑真假时，信陵君手下的人杀了晋鄙。夺到了军
队的指挥权，信陵君宣布："父子俱在军中，父归；兄
弟俱在军中，兄归；独子无兄弟，归养。"这道命令，很

得人心。在对军队进行了整编之后，信陵君带着八万精兵，向赵国首都邯郸进发，在与秦军交战中，将秦军打得大败。赵国得救了，信陵君自然成了赵国的恩人，受到了隆重的接待。赵王给予信陵君的评价极高："自古贤人未有及公子者也。"但是，信陵君也付出了巨大的代价：由于他偷了兵符，让魏安釐王没了面子，现在不能回到魏国了。

明代唐顺之在《信陵君救赵论》中，虽然对信陵君之举有些微词，但对要不要救赵，分析得十分透彻："夫强秦之暴亟矣，今悉兵以临赵，赵必亡。赵，魏之障也。赵亡，则魏且为之后。赵、魏，又楚、燕、齐诸国之障也。赵、魏亡，则楚、燕、齐诸国为之后。天下之势，未有岌岌于此也。"唐顺之下的结论是："故救赵者，亦以救魏；救一国者，亦以救六国也！"

信陵君在赵国客居，一晃就是十余年。秦国知道这种情况，这期间，一直没有停止攻伐魏国。到了公元前247年，秦国大将蒙骜率军攻击魏国，接连占领了魏国的两座城池。这时候魏安釐王急了，派人到赵国央求信陵君回国。信陵君开始认为这是一个陷阱，明确给予拒绝。后来，在别人的劝说中，他知道了魏国危在旦夕的真实处境，毅然回到了自己的国家。大敌当前，兄弟相见，魏安釐王抱着信陵君泣不成声，一场旧怨，顿时消解。魏安釐王马上任命信陵君为上将军。信陵君立即向各国发出求援的讯息，各国一见是信陵君回来了，二话不说都派来了军队，表示要听信陵君调遣。信陵君很快组成了五国联军，在黄河以南迎击秦军，秦国大将蒙骜逃走。五国联军将秦国军队一直赶进了函谷关。多少年来，秦国军队几乎都是"吃小亏占大便宜"，哪曾想到会有如此惨败？魏国和各国也好久没有打过这样的大胜仗了。

信陵君一次救赵国，一次救自己的魏国，成就了他一生中的两件大事。这两件大事，对头是一个：秦国。这秦国"席卷天下、包举宇内、囊括四海"的意图，是早已确定的目标：逐步吃掉各国。谁拦了它的这条路，它就要想办法拿掉谁。信陵君自然成了秦国的眼中钉。秦国国王想到了"离间计"。怎么实施呢？秦国派人用重金"买路子"，制造各种谣言，还收买被信陵君杀掉的大将晋鄙的门客，让他们向魏安釐王耳边吹这样的风："公子亡在外十年矣，今为魏将，诸侯徒闻魏公子，不闻魏王。"这些人还散布说："公子亦欲因此时定南面为王。"听来听去，魏安釐王由不信到半信半疑，到完全听信。《资治通鉴》载："魏王日闻其毁，不能不信，乃使人代信陵君将兵。信陵君自知再次毁废，乃谢病不朝，日夜以酒色自娱，凡四岁而卒。"信陵君一死，秦国立即派军队攻击魏国，一连打下二十个城池。信陵君死了十八年后，秦国大将王贲率军攻击魏国，堵截黄河水淹没大梁，魏安釐王的孙子魏假投降，秦国占领了魏国的首都大梁城。立国一百四十五年的魏国灭亡。

秦国对魏国的所作所为，算不上特殊，这些手段不单单是对魏国用，对各国都如此。问题不在秦国，而在魏国本身，在魏安釐王。实际上，魏安釐王和信陵君是一先一后离开这个世界。公元前 243 年，魏安釐王死，将王位传给了自己的儿子魏增；公元前 228 年，魏增死，将王位传给了儿子魏假；公元前 225 年，魏假作了秦国的俘虏。

后人可以作这样的假设：如果魏安釐王没有中秦国的"离间计"，在他死后，信陵君活着，就是还让他的儿子魏增当国王，恐怕秦国对魏国"下手"也要有所顾忌，魏国可能还要支撑一大段时间；如果信陵君在魏安釐王活着时或死后真的夺了王位，魏安釐王不能将王位传子传孙，但这对魏国未必是坏事情。

这些假设，毕竟没有实际意义了。秦灭六国，是历史之必然。这历史之必然，来源于秦国的政治、经济、军事制度的优势，也来自六国自己的弊政。秦国的政治、经济、军事人才，是从哪里来的？六国。帮着秦国灭六国的人中，许多曾经是六国人，甚至就是仍在六国的六国人自己。这些帮忙的人中，魏安釐王算是一个。魏安釐王夺掉信陵君的兵权，谁最高兴？秦国。这等于秦国派了多少军队？

魏安釐王的心胸，实在是太小。有一个故事很说明问题。有一天，魏安釐王和信陵君在一起下棋，北方的边境传来了一个警报，说赵国的部队到了，要过魏国的边界。魏安釐王马上放下棋子，要招大臣们来商量对策。信陵君不动声色地说："赵王田猎耳，非为寇也。"一边说一边拉着魏安釐王接着下棋。这魏安釐王哪里下得下去，心里一直七上八下。过了不久，北方的消息传来了，说不过是赵王打猎路过而已。魏安釐王这时候却大吃一惊，他问信陵君："公子何以知之？"信陵君回答："臣之客有能深得赵王阴事者，赵王所为，客辄以报臣，臣以此知之。"听了这番话，魏安釐王暗自畏惧信陵君的才智和本领，国家的大事不敢交给信陵君去办。这个魏安釐王，连自己贤明的亲弟弟都不相信，还能相信谁呢？

人生在世，说复杂，荣辱得失，喜怒哀乐，曲折坎坷，够复杂的了；说简单，不论大写也好，小写也罢，不过"生死"二字。信陵君的选择，看上去是简单的，这种简单，给后世留下的，确实是一个令人费解的谜团。对这样一位人杰而言，难道只有死这一条路了吗？

信陵君是在郁闷中病亡的。他在被免掉上将军之后，内心一定是十分痛苦的。他对时政看得很透，也了解自己的国王兄长，这种明白，比之糊涂，更深地在内心作痛。不做官，不一定会是一种痛苦。不被信任，是真正的隐痛。

由信陵君的遭遇，想到了《史记》上的一段记载：李斯"年少时，为郡小吏，见吏舍厕中鼠食不洁，近人犬，数惊恐之。斯入仓，观仓中鼠，食积粟，居大庑之下，不见人犬之忧。于是，斯乃叹曰：'人之贤不肖譬如鼠矣，在所自处耳！'"。李斯由鼠而想到了人，他感叹万分："环境"的"外在"影响不可低估呀！在两千多年后，再设想一下：如果信陵君换一方土施展才智，或者赶上一个好的时代，可能会是另一个结局。

在中国封建社会里，信陵君不是一个人，在"这一个"的身后，一朝又一朝，一代又一代，"这一类"的人就不曾断过。他们怀着一腔报国之热忱，踌躇在被信任和被疑惑之间的泥泞小路上，走走，停停，快了不行，慢了也不行，在相当多的时候处于欲做不能、欲罢不忍的境地，这怎么能不痛苦？可以这么说，"这类人"中的每一个人的命运，都绘出一幅悲凉的画卷。他们本来可以在某一个时代里的某一方土上奉献光热，但却被某一个时代里的某一方土上的人为因素所误，这是一种什么样的历史惨剧？

公孙鞅：
血染的基石

　　战国时代可谓风云际会，英雄辈出。从公元前 480 年，到公元前 221 年，两个半世纪间，"战"与"和"，"亲"与"仇"，"合"与"离"，都在腥风血雨中显得诡异莫测，千变万化。瞬息万变的政治舞台，许多人物登台时轰轰烈烈，下台时亦雷鸣电闪，这两个半世纪既可谓是大喜大悲的时代，又是一个有人笑来有人哭的时代。

　　两个半世纪，一个大趋势是，由大分裂走向了大统一。当滚滚的战争烟尘散尽时，人们发现，胜利的旗帜已握在了秦国统治者的手中，他就是统一中国的第一个皇帝——秦始皇。

翻开战国史，人们会看到一个不可思议的现象：被列国普遍看不上眼，以为是"蛮夷部落"的秦国一天天强大起来，只要秦国与谁开仗，胜家大多是秦国，夺地得城的大多是秦国。人们会问：秦国缘何一胜再胜，直至大获全胜呢？

回答这个问题，不是很容易的事情。尽管历史背景很复杂，历史成因很多，但是，可以肯定地说，在秦国由弱到强、由衰到兴的过程中，公孙鞅起了巨大的不可替代的作用。这种作用，好比盖房子的基石，埋在地平线下，远看只见房子，不见基石，而真的没了基石，房子便会倒塌。

谈到公孙鞅，不能不说到秦孝公嬴渠梁。公元前362年，秦国国君献公嬴师隰逝世，21岁的嬴渠梁即位。这时的秦国，还不够强大。跟秦国接壤的楚国、魏国都很强大，另外4个强国是齐国、韩国、赵国、燕国。这时，夹在诸大国之间，还有十几个小封国。在诸强国眼中，秦国被视为落后地区的野蛮部族，没有什么文化教养。诸国对秦国的态度，是防范加孤立，将秦国隔离起来。公元前361年，秦孝公饱含激情对臣属宣言："昔我缪公，自岐、雍之间修德行武，东平晋乱，以河为界，西霸戎翟，广地千里，天子致伯，诸侯毕贺，为后世开业甚光美。会往者厉、躁、简公、出子之不宁，国家内忧，未遑外事。三晋攻夺我先君河西地，诸侯卑秦，丑莫大焉。献公即位，镇抚边境，徙治栎阳，且欲东伐，复缪公之故地，修缪公之政令。寡人思念先君之意，常痛于心。宾客群臣有能出奇计强秦者，吾且尊官，与之分土。"秦孝公这番话，颂扬了祖辈功绩，批评了不肖败家，表达了发愤图强的决心，最后落到了一个关键的环节：招贤。

秦孝公的诚心，打动了一个人：卫国人公孙鞅。

说起公孙鞅，还有一段故事。公孙鞅研究法律很有造诣，《史记》中称"鞅少好刑名之学"。年轻的时候，公孙鞅效力于魏国相府。魏相公叔痤早已看出了公孙鞅的才干，但还没有来得及推荐委以重任。一天，当魏王看望重病的公叔痤时，问公叔痤：万一你不在世了，国家大事，我能跟谁商量呢？公叔痤回答：我的随从中有个叫公孙鞅的，年纪虽然不大，但有奇才，希望你能信任他，把国家交给他治理。魏王听了无法接受。公叔痤看到魏王不想用公孙鞅，马上补上一句：如果你不能用他，就请马上把他杀掉，可别叫他投奔了别的国家。公叔痤这番"劝用"与"劝杀"的话，令魏王"丈二和尚摸不着头脑"，只好含含糊糊应付了几句话便走了。尔后，公叔痤叫来公孙鞅，跟他说了自己为魏王谋献的"劝用"、"劝杀"的计策，并劝公孙鞅：你快逃跑吧！公孙鞅这时也觉着含糊：魏王既然不听你的话用我，又怎么可能听你的话杀我？结果是，魏王没有马上用公孙鞅，亦没有马上杀公孙鞅。当公叔痤死后，听到秦孝公诚招天下能人智士，公孙鞅才离开魏国抵达了秦国。

这段故事，《史记》、《资治通鉴》均有细致描述，从故事中可以看出，公孙鞅的才干，早有人看清楚了，早有人向国君点破了，但是，在公孙鞅入秦之前，这个能人还没有被派上大用场。

公孙鞅被宠臣景监推荐给秦孝公，也经历了一个曲折过程。据《史记》记载，刚开始，"孝公既见鞅，语事良久，孝公时时睡，弗听。罢而孝公怒景监曰：'子之客妄人耳，安足用邪！'"到后来，经过过多次沟通交谈，终于触及"强国之术"，秦孝公与公孙鞅"语数日不厌"。

秦孝公与公孙鞅之契合，在于秦孝公急于使秦国由

25

弱变强，称霸心切，而公孙鞅深谙社会弊端所在，更有变法革新的一套办法。

公孙鞅变法革新要成功，有一点至关紧要，那就是秦王要支持。对这一点，公孙鞅早看明白了，所以他做了秦王的思想工作。他对秦王说："疑行无名，疑事无功。且夫有高人之行者，固见非于世；有独知之虑者，必见敖于民。愚者闇于成事，知者见于未萌。民不可与虑始而可与乐成。论至德者不和于俗，成大功者不谋于众。是以圣人苟可以强国，不法其故；苟可以利民，不循其礼。"秦孝公听了这番话，大大坚定了变法革新的信心。尽管有些大臣提出了不同意见，但秦孝公还是支持公孙鞅，下达了变法革新的命令。

公孙鞅推出的变法革新措施，大概有如下10余条：

——"令民为什五，而相牧司连坐。不告奸者腰斩，告奸者与斩敌首同赏，匿奸者与降敌同罚"；

——"民有二男以上不分异者，倍其赋"；

——"有军功者，各以率受上爵"；

——"为私斗者，各以轻重被刑大小"；

——"僇力本业，耕织致粟帛多者复其身。事末利及怠而贫者，举以为收孥"；

——"宗室非有军功论，不得为属籍。明尊卑爵秩等级，各以差次名田宅，臣妾衣服以家次。有功者显荣，无功者虽富无所芬华"；

——"而令民父子兄弟同室内息者为禁"；

——"而集小（都）乡邑聚为县，置令、丞，凡三十一县"；

——"为田开阡陌封疆，而赋税平"；

——"平斗桶权衡丈尺"；

……

从这 10 余条改革措施看，其主体部分，是鼓励"耕"、"战"，同时巩固、加强国家的统一号令及管理职能。

公孙鞅要推行新法，阻力不小。为了排除阻力，就必须树立威信。公孙鞅做了两件事。头一件，是在国都城南门竖立了三丈高的木杆，布告招募，有能够把木杆移走放置在城北门的奖给十金。国人对此觉得奇怪，无人敢去尝试。公孙鞅接着提高奖赏力度，下令说谁移走了木杆奖五十金。终于有一个人尝试着做了，公孙鞅当即奖给此人五十金。此事一传十，十传百，新法一公布，威信自然有了。第二件事，是对太子犯法的处理。公孙鞅逮捕了太子师傅嬴虔，割去鼻子，将皇家教师公孙贾

27

脸上刺了字，这不仅警告了太子，也震慑了全国。虽然此举为自己埋下了祸根，但公孙鞅的有法必依、执法必严的做法，保证了新法的顺利实施。

公孙鞅变法，虽然阻力重重，但是，由于顺应了历史潮流，取得了明显成效。《史记》记载："行之十年，秦民大悦，道不拾遗，山无盗贼，家给人足。民勇于公战，怯于私斗，乡邑大治。"这种结果，连当初不赞成变法革新的人，也加入了赞扬者的行列。《史记》还记载了周天子和诸国对秦国态度的变化，"秦人富强，天子致胙于孝公，诸侯毕贺。"这期间，秦国还多次打了胜仗：

——公元前358年，秦国在太行山以西地区击败了韩国军队；

——公元前354年，秦国在陕西省澄城县境击败了魏国军队，占领了少梁；

——公元前351年，秦军攻击魏国，占领固阳。

秦孝公对公孙鞅也给予了回报。公元前340年，把商于（陕西省商县至河南省内乡县）地区十五个城池，封给了公孙鞅，"号为商君"。由此，后人也称公孙鞅为"商鞅"。

然而，局势在公元前338年发生了逆转。这一年，秦孝公逝世，他的儿子嬴驷继位。嬴驷者谁也？就是从前受公孙鞅惩戒的太子。算旧账的时候终于到了。当年被割掉鼻子的太子师傅嬴虔的党徒，指控公孙鞅企图叛变，嬴驷下令逮捕公孙鞅。公孙鞅投魏不成，只好举邑兵北出击郑县（陕西省华县）。秦国大军迎战，捕获了公孙鞅，对他实行车裂刑法，全家无论长幼一律杀害。

这真是历史上一幕惊天动地的大悲剧。公孙鞅效力于秦国，使秦国富强起来，而自己又被秦国的国君逼上绝路，落了个五马分尸、家破人亡的下场！

苍天若有眼，当不忍看而闭目！

苍天若有情，当会落泪而长泣！

公孙鞅死了，他的国内政敌着实高兴，而诸国的国君也松了一口气。其实，公孙鞅人虽然死了，但他的影响，他确立的新法，他推行的改革措施，已经在秦国扎下了根，继续发挥着强国强兵、富国富民的作用。公孙鞅虽然只活了52岁，在秦国政治舞台上只辉煌了20来年，但他的功绩，却在随后的岁月里不断体现出来。各国日后对秦国的惧怕，直到被秦国一一吞并的结局，也告诉世人：诸国国君看见公孙鞅被车裂的高兴心情，实在是不够理智，真是高兴得太早了！

秦始皇是中国历史上第一个建立统一的中央集权的多民族封建大帝国的人，当他很小的时候就听父亲讲起一百多年前的祖先秦孝公如何重用公孙鞅变法图强的事，他对公孙鞅的"耕"、"战"之道深为佩服。实际上，秦始皇重用李斯等大臣推行的改革措施，源头还在一百多年前的秦孝公和公孙鞅那里。"耕"、"战"之道，是秦国由穷变富、由弱变强的胜利法宝，是秦国最终灭掉六国、统一中国的胜利法宝。如果说秦始皇盖建起了统一中国的宏伟大厦，那么，我们不可忘记：这大厦的基石，就是公孙鞅用血染红的"耕"、"战"之道！发展生产，壮大实力，强兵用武，完成统一，这"耕"与"战"的奥妙，不是公孙鞅揭示出来的吗？

公孙鞅的悲剧，是他个人的，也是他所处的那个时代的，更是历史的。在他个人，或许有不少缺点及不足，甚至是致命的缺点和不足，他应该承担必然的后果；在他所处的那个时代，"忧大患"的人，"排大难"的人，"为大众"的人，往往要受"大苦"、"大灾"、"大难"，这个问题值得深刻反思；在历史，对紧要关头的举足轻重人物的"功"与"过"，既要"往前看"，

30

更要"往后看"，应该客观再客观，公正再公正。

两千年后，为公孙鞅鸣不平，不知是晚了还是早了？历史是前人为的，是后人写的，更是后人的后人看的想的。公孙鞅如果没有这个悲剧，如果再活些年月，可能他在中国历史上的分量会发生变化。他的分量，是由三部分组成：一是他的作为，他对历史进步和社会发展的贡献；二是他的悲剧，他的冤屈，他的苦难；三是在了解了他的贡献和悲剧后人们产生的"不平则鸣"的强烈呼声。这三部分的分量，使历史列车在前行途中，在对这个人物的回眸时，不能不多鸣几响笛声。

吴起：

知音何处觅？

在中国，长达两个半世纪的战国时期，有一个人物，人们如果遗忘了是很不应该的，他就是吴起。

生活在动荡的年代里，吴起是个文武双全的奇才。实际上，他有一些复杂的社会经历：他是卫国人；他娶了齐国人作妻子；他初仕于鲁国；他又做过魏国的大将，冲锋陷阵打败了秦国军队；他最后到了楚国，受到楚悼王的信任，担任令尹。

吴起在政治舞台上的演出，付出了巨大的代价。史书上说，为了取得鲁国国君的信任，他在鲁国与齐国交兵时，杀掉了自己的妻子，但这并没有换取到应有的信任，他还是被迫逃亡；他在楚国帮助楚悼王厉行政治体制改革，但这也得罪了楚国贵戚大臣，因为影响了他们的既得利益。楚悼王一死，他便被暴徒乱箭射杀。

吴起的遭遇，提出了一个问题：这么跑来跑去，他为了什么？每到一处都没有得到好报，又因为什么？

吴起早年从师于曾参，是一个很有思想的政治家、军事家。他的思想核心是主张将政治和军事紧密结合起来，提出了"内修文德，外治武备"的观点。

我们来看看他的政治和军事观点：

——"昔之图国家者，必先教百姓而亲万民。有四不和：不和于国，不可以出军；不和于军，不可以出陈；不和与陈，不可以进战；不和于战，不可以决胜。是以有道之主将用其民，先和而造大事。不敢信其私谋，必告于祖庙，启于元龟，参之天时，吉乃后举。民知君之爱其命，惜其死，若此之至，而与之临难，则士以进死为荣，退生为辱矣。"

——"凡制国治军，必教之以礼，励之以义，使有耻也。夫人有耻，在大，足以战；在小，足以守矣。然战胜易，守胜难。故曰：'天下战国，五胜者祸，四胜者弊，三胜者霸，二胜者王，一胜者帝。'是以数胜得天下者稀，以亡者众。"

——"夫总文武者，军之将也。兼刚柔者，兵之事也。凡人论将，常观于勇。勇之于将，乃数分之一耳。夫勇者必轻合，轻合而不知利，未可也。故将之所慎者五：一曰理，二曰备，三曰果，四曰戒，五曰约。理者,治众如治寡。备者,出门如见敌。果者,临敌不怀生。戒者,虽克如始战。约者，法令省而不烦。受命而不辞，敌破而后言返，将之礼也。故师出之日，有死之荣，无生之辱。"

——"凡兵有四机：一曰气机，二曰地机，三曰事机，四曰力机。三军之众，百万之师，张设车重，在于一人，是谓气机。路狭道险,名山大塞,十夫所守,千夫不过，是谓地机。善行间谍，轻兵往来，分散其众，使其君臣相怨，上下相咎，是谓事机。车坚管辖，舟利橹楫，士习战陈，马闲驰逐，是谓力机。知此四者，乃可为将。然其威德仁勇，必足以率下安众．怖敌决疑。施令而下不犯，所在寇不敢敌，得之国强，去之国亡，是谓良将。"

吴起的为政用兵理论，可以说并没有给人以高深之感，而是显得简洁明快，非常实用。他满腹学问，很想找到一位政治上的知音，拥有施展才智的一座大舞台，能将这些主张变为成就一番事业的壮举。吴起做了三个梦，但这三个梦都破灭了。

吴起的第一个梦，是在鲁国做的。鲁国的国君，是穆公。在鲁国和齐国交战的紧要关头，为了解除鲁穆公的怀疑，吴起将齐国籍的妻子杀掉，从而担任了鲁国的将领，并把齐国军队打得大败。按说，鲁穆公该信任他了吧？不然。马上有人在鲁穆公的耳朵边上吹冷风了："起始事曾参，母死不奔丧，曾参绝之；今又杀妻以求为君将。起，残忍薄行人也！且以鲁国区区而有胜敌之名，则诸侯图鲁矣。"这种挑拨离间的说法，对鲁穆公肯定是产生了影响。鲁穆公是不是下了除掉吴起的决心这且不说，就连这吴起本人听到这个说法，自己就觉着待在鲁国没有安全感了。他采取的办法是一个字：走。

吴起的第二个梦开始了。他听说魏文侯比较贤明，于是作出人生的又一次选择，投奔了魏国。魏文侯问别人吴起可用不可用，有人介绍说："起贪而好色；然用兵，司马穰苴弗能过也。"听了这个评价，魏文侯委吴起以大将身份，带领部队与秦国交战，一口气攻取了5座城池。后来，魏文侯死了，即位的是魏武侯。有一次，魏武侯乘船沿西河而下，他看着吴起说："美哉山河之固，此魏国之宝也！"吴起的回答是："在德不在险。"吴起从上古的事例说起，分析得头头是道，魏武侯听了后称赞他说得有道理。但是好景不长，又有人设"招婿"的圈套陷害吴起，办法仍是"挑拨离间"，效果也是一样的：魏武侯怀疑上了吴起，失去了往日的信任。吴起一看情势不好，又一次"走为上计"，投奔了楚国。

吴起的第三个梦寄托在了楚悼王的身上。楚悼王很信任吴起，马上委任他做了宰相。吴起时不我待，抓紧推行各项改革措施。他修订法律，审视政令，除去闲冗官员，减省爵禄开支，增加军士给养。在南方平定了百越，在北方使三晋退却，向西方攻伐秦国，楚国一时令人刮目相看。但在这个过程中，吴起也得罪了不少朝中的贵戚大臣。公元前381年，楚悼王死了。恨透了吴起的贵戚大臣们作乱，围攻吴起。吴起奔扑在楚悼王的尸体旁，被乱箭射杀。射杀吴起的乱箭，也射在了楚悼王的尸体上。

吴起的三个梦，一一做完了。他的三个梦中，有这么四个国君，一个是鲁穆公，一个是魏文侯，一个是魏武侯，一个是楚悼王。这四个人带给吴起的，痛苦是不少的，但也曾给了他一些幻想。吴起一次次地选择，每一次，总抱着一种施展才智的激情，但是，他换来的东西，总是残酷无情的回应。

吴起是个有争议的人物。一个说法是他"无情无义"。根据一：他在母亲死时不回家守丧。连后世唐代的大诗人白居易，也在诗中指责吴起："昔有吴起者，母没丧不临。"根据二：为了换取信任，当上将军，杀死了自己的妻子。对这两件事，历史记载寥寥数笔，实在是太简单，使后人难以详察和了解其真实的过程。在今天，人们说"无"已不可能，但对说"有"，恐怕要慎重分析，仔细掂量。我们不妨读读这段文字，来再认识一下吴起："起之为将，与士卒最下者同衣食，卧不设席，行不骑乘，亲裹赢粮，与士卒分劳苦。卒有病疽者，起为吮之。卒母闻而哭之。人曰：'子，卒也，而将军自吮其疽，何哭为？'母曰：'非然也。往年吴公吮其父疽，其父战不旋踵，遂死于敌。吴公今又吮其子，妾不知其死所矣，是以哭之。'"这段文字，描述了吴起对士兵的爱护，甚至是他"从前"的做法的延续。一个士兵母亲的眼泪，道出的不止是一个家庭的辛酸，更是一个时代的悲惨，而吴起生在这个时代，为这个时代而战，这种对士兵的爱就显得格外的壮烈。他在一次与魏武侯的交谈中这样说过："然一军之中，必有虎贲之士，力轻扛鼎，足轻戎马，搴旗取将，必有能者。若此之等，选而别之，爱而贵之，是谓军命。其有工用五兵，材力健疾，志在吞敌者，必加其爵列，可以决胜。厚其父母妻子，劝赏畏罚，此坚陈之士，可与持久。能审料此，可以击倍。"这段话，再清楚不过地表明，战乱时代的吴起，已经将"爱兵"与"用兵"、"小家"与"国家"的利害关系想透彻了。对生活在一个征战不止的大混乱年代里的吴起，如果能助明君早日扫平战云、实现国家统一，他的选择是对还是错呢？

柏杨先生在将《资治通鉴》翻成白话文时，对吴起表示了极大的同情。柏杨先生说："吴起何负于鲁国？被疑逃亡。何负于魏国？又被疑逃亡。何负于楚国？更遭杀身之祸。吴起的遭遇，正是一个心直口快，胸无城府，有能力而又正直的知识分子的悲剧。杀妻求将，从稍后再没有人抓这个小辫子，可证明是一种污蔑之词。鲁国在他手里不再受侵略，魏国在他手里强大，衰老的楚国在他手中得到重生。忠心耿耿，大才槃槃，竟不容于当世，不禁为吴起悲，也为那些国家悲。""如果一个国家对他始终重用，历史可能重写。"

柏杨先生的话，尽管在"杀妻"一事上属于推断，但说得很动感情。其实，凡是读到吴起不幸遭遇的人，心里都会有一种特别的滋味，觉得那个时代一些手握着重权的人，实在是有愧于吴起。

韩非：
死于非命的必然与偶然

秦始皇曾给我们上了许多课，其中的一堂课是"韩非之死"。这堂课其实是一个有点离奇的故事，故事里的主要人物有三：秦王嬴政、秦国权臣李斯、韩国公子韩非。

公元前 223 年，秦王嬴政 25 岁。这时候，秦国吞并六国的战斗正激烈进行。秦大将桓齮再攻赵国，连陷数城。韩国国君韩安恐慌，除了割让土地，献出国王印信，请降格作秦国的附庸国之外，为表诚意，还特派公子韩非到秦国拜谒秦王。

韩非这个人是个才华横溢的学者，他与秦国权臣李斯一样有名，同为法家学派代表人物。韩非首先是一个爱国者，他"见韩之削弱，数以书谏韩王"，结果是"王不能用"。在他的名篇《五蠹》中，他尖锐地批评了国王重用的五种误国殃民之徒。他的著述，有十万余字，可谓满怀激愤、痛心疾首。

秦王嬴政仰慕韩非的才华，很想见见这位韩国的公子。韩非也渴望这样一个机会。为了表示自己的诚意，韩非给秦王写了一封信："今秦地方数千里，师名百万，号令赏罚，天下不如。臣昧死愿望见大王，言所以破天下从之计。大王诚听臣说，一举而天下之从不破，赵不举，韩不亡，荆、魏不臣，齐、燕不亲，霸王之名不成，四邻诸侯不朝，大王斩臣以殉国，以戒为王谋不忠者也。"如此肺腑之言，打动了秦王嬴政的心。但是，外人弄不清楚秦王为什么没有重用韩非。其实，这中间，是秦国当朝权臣李斯起了不好的作用。

李斯原是楚国上蔡人。入秦之初是为吕不韦服务，后被秦王所用。他的分别对六国各个击破的建议，被秦王嬴政采纳。其实李斯也曾有过因为是"外人"而险些被逐的经历。在公元前237年，他还就如何广纳天下人才给秦王嬴政写过一封《谏逐客书》的信，信中写道："臣闻地广者粟多，国大者人众，兵强者则士勇。是以泰山不让土壤，故能成其大；河海不择细流，故能就其深；王者不却众庶，故能明其德。是以地无四方，民无异国，四时充美，鬼神降福。"从这番话看，李斯对韩非的到来，应该是一种向秦王嬴政大力推荐并尽力帮助的态度。这个时候，正是李斯春风得意的当口，完全有条件、有能力推荐和帮助韩非。再说，李斯和韩非之间，还有另一层关系，那就是同是荀子的学生。按一般情况，同师之谊是深厚的，李斯应该帮助韩非实现自己的抱负。但是，李斯却对秦王说："韩非，韩之诸公子也。今欲并诸侯，非终为韩不为秦，此人情也。今王不用，又留而归之，此自遗患也。不如以法诛之。"韩非遇到的这个"克星"，除了挡着韩非在秦国的"仕途"，不让韩非有施展才智的机会和舞台，还不算完，还要对韩非进行"彻底消灭"，不让他活着回去。李斯的动机，表面上披着"忠君"的外衣，是为秦统一天下着想，实际上是为私，《史记》有"斯自以为不如非"的记载。李斯心中是一种膨胀到顶点的嫉妒心，是怕秦王嬴政重用了韩非而自己可能大权旁落。这还不算韩非的不幸，而真正不幸的是，秦王嬴政竟然被蒙在鼓里。听到李斯的建议，他竟"下吏治非"。一旦韩非身陷牢狱，这李斯便有了"下手"的条件。李斯派人给韩非送来了毒药，逼他自杀。韩非还抱着一线希望，恳求给他见见秦王嬴政的机会。李斯这个人一点儿也不手软，更是快上加快。这时，秦王嬴政的内心也是十分矛盾的。韩非被抓进监牢之后，秦王嬴政有些后悔，便派人前来释放韩非，但此时已经晚了。韩非死时，只有47岁。韩非入秦，形成的不只是秦王嬴政和韩非的误会，更造就了一个千古遗憾。不论过了多少年月，只要说到这段故事，人们总免不了要扼腕叹息。

事情当然还没这么简单。韩非给秦王嬴政上书献策，是不是真有其事？如果确有其事，信中也是这么说的，是不是"卖国求荣"的举动？这实际上是两个问题。有人对这封信的真实性提出疑问，是很正常的，司马光先生笔录这封信有没有其他目的，是不是为了针对同为法家的政敌王安石，是可以进行论证的。这里，我们不妨来个"假如"，就是说假如这封信是真的，那么，是不是韩非可以接受那种"卖国求荣"的骂名？当然不可以。在统一中国的历史进程中，有识有谋有志之士为统一而出谋划策，有什么过错？司马光先生对韩非下了一个"一棍子打死"的结论："今非为秦画谋，而首欲覆其宗国，以售其言，罪固不容于死矣，乌足愍哉！"这个结论是十分不公正的，更是难以让人接受的。

韩非终究是死在秦王嬴政的糊涂当中，死在了自己的同学李斯的嫉妒当中。韩非之死的可惜，还不在于他因没有见到秦王嬴政而失去了表白自己见解的机会（即使他见到了秦王嬴政，由于他有口吃、不善言说，未必就能用几句话打动秦王嬴政），而在于他失去生命的同时也失去了继续著书立说的后半生宝贵时光。如果他能在受冷落之后活着离开秦国，即使仍旧怀才不遇，那也不影响他更多地向世人和后人展现自己思想的光芒。47岁的年龄，或许正是思想认识向深度递进的新起点。

有人说，韩非的死看似偶然，其实是一种必然。这个观点也不是没有道理。韩非在《说难》一文中写道："夫事以密成，语以泄败。未必其身泄之也，而语及所匿之事，如此者身危。彼显有所出事，而乃以成他故，说者不徒知所出而已矣，又知其所以为，如此者身危。规异事而当，知者揣之外而得之，事泄之外，必以为己也，如此者身危。周泽未渥也，而语极知，说行而有功则德忘，说不行而有败则见异，如此者身危。贵人有过端，而说者明言礼义以挑其恶，如此者身危。强以其所不能为，止以其所不能已，如此者身危。"韩非对"说难"理解到这个程度，难道去秦国就没有落难的思想准备？对"祸从口出"，韩非见识颇深，归纳得可谓是透彻到家了。从他自己的遭遇看，更证明"道破天机"的危险有多大。

韩非在中国历史上的地位，是因为他在法家学说和哲学学说方面的贡献。在法家学说上，他主张"为治者……不务德而务法"，"赏厚而信，刑重而必"。他提出法规的制定，要"编著之图籍，设之于官府，而布之于百姓"。对法规的实施，他认为应该"刑过不避大臣，赏善不遗匹夫"。在哲学学说上，他发展了荀子的唯物主义思想，认为"道"是事物运动的普遍规律，而"理"则是具体事物运动的特殊规律，"万物各异理，而道尽稽万物之理，故不得不化。"他的"世异则事异"和"事异则备变"的观点，有着极深的哲理。

韩非毕竟死于非命。这是一个怎么说都让后人难以抚平的心结。李斯在历史上也是一个了不起的人物，他在秦始皇统一中国的过程中起了关键作用。但李斯在对待韩非问题上，是有不可原谅的"大过"的。如果读读他的《谏逐客书》，再看看他对韩非的所做所为，人们就会对李斯的人品打一个问号。李斯这个人，还不止犯了这一次错误。他在秦始皇死后，追随赵高，合谋仿矫遗诏，迫令秦始皇长子扶苏自杀，立少子胡亥为二世皇帝。他自己，公元前 208 年又被赵高嫉恨所杀，命运并不比韩非强多少。当然，作为倾力助秦始皇统一天下的李斯也不应该落得这样一个结局，他的死，也是一个令人感到遗憾的事情。而更大的遗憾，是历史留下了这样一个问题：为什么李斯就不能容下韩非，一起合作，携手共图统一大业？

项羽：

"败"与"过"

　　项羽这个人，顶顶是要面子，顶顶是爱面子。从虚荣心上说，"霸王气"是太重了些。一个人"勇"，不是缺点；一个人"猛"，也不能算什么缺点；而一个人不动脑子地"勇"，不分黑白地"猛"，就要出麻烦了。对项羽，概括起来说，算是一个虚荣心强而又有勇无谋的猛士。这样的猛士，在历史进程的紧要关头，是难以做成大事的。

　　项羽这个人，又要历史地全面地看。项羽灭秦功不可没，发挥了关键的作用。那时，他算是胜家，胜得相

47

当光彩和威风，胜得一时居危而觉安，看不见潜在的敌手。但事过不久，楚汉之争中，他却成了大大的"败家"。试问，从率各国联军灭秦称霸一时的巅峰，跌到乌江边上自刎而死的谷底，岂不是一种轰轰烈烈的惨败？

如果拿项羽与刘邦比，有人会不赞同：这两个人怎么比？一个是"武夫"，一个是"先生"，实在不可比！

不错，项羽与刘邦确有许多不可比的地方。

我们来听听公元前 203 年项羽与刘邦在广武对峙中的对话，便会看出"武夫"与"先生"的区别。当时项羽与刘邦对峙成僵局，项羽军中粮草不继，甚为焦虑，急中做了一个大号切肉用的砧板，把刘邦的父亲刘执嘉放在了上面。

项羽说："今不急下，吾烹太公！"

刘邦答："吾与羽俱北面受命怀王，约为兄弟，吾翁即若翁；必欲烹而翁，幸分我一杯羹！"

项羽说："天下匈匈，徒以吾两人，愿与王挑战，决雌雄，毋徒罢天下父子也。"刘邦笑答："吾宁斗智，不能斗力。"

这番对话，"武夫"与"先生"的面目竟各凸现，泾渭分明。项羽要杀刘邦的父亲，自以为可以"拿一把"，可刘邦不吃这一套：我父亲就是你父亲，如果一定要煮死你父亲，分给我一碗肉汤喝。项羽由"上风"变成了"下风"。项羽自恃武功好，要一对一与刘邦"决斗"，刘邦却轻轻松松地表示只斗智，不斗力。项羽又被奚落了一顿。

若是用"比"字看项羽和刘邦，那是很有意思的事情。其实，两个人不是一点"共同点"都没有，比如"胸有大志"。项羽年轻时"学书不成"，"学剑又不成"，遭叔父骂后，项羽说："书足记姓名而已。剑一人敌，不足学，学万人敌！"秦始皇东游会稽，渡浙江，项羽与叔父项梁一起观看。项羽说："彼可取而代也。"项梁连忙捂住项羽的嘴："无妄言，族矣！"看来，项羽小时候的志向就不小。这刘邦呢，也心存高远。《汉书·高帝纪第一》记载："高祖常繇咸阳，纵观秦皇帝，喟然不息，曰：'嗟夫，大丈夫当如此矣！'"这说明了刘邦所慕所想的，是有朝一日贵为天子。

项羽与刘邦，都是"胸有大志"之人，这一点是可以肯定的。然而，两个人"志同而道不合"。项羽处世为人稚气十足，勇多谋少，而刘邦则老谋深算，走一步看三步。有两件事最能说明问题。

头一件是对秦王子婴的处置上。公元前 206 年冬，当刘邦大军挺进到陕西省蓝田县时，秦朝廷已经瓦解，没有了再进行抵抗的能力。秦王子婴坐着白马拉的丧车，"系颈以组，封皇帝玺符节，降枳道旁。"这时候，有人劝刘邦杀掉秦王子婴，刘邦说："始怀王遣我，固以能宽容，且人已降服，杀之不祥。"按刘邦的意见，秦王子婴被囚禁了起来。

当项羽率四十万大军浩浩荡荡向咸阳逼近时，刘邦为避锋芒，"以退为进"，让灭秦的"果实"落在了项羽手中。项羽做了什么呢？"屠咸阳，杀秦降王子婴，烧秦宫室，火三月不灭；收其货宝、妇女而东。"

第二件是对楚怀王的处置上。在刘邦和项羽之间，楚怀王是有偏心的。楚怀王曾在灭秦前夕对诸老将说："项羽为人骠悍猾贼，尝攻襄城，襄城无遗类，皆坑之；诸所过无不残灭。且楚数进取，前陈王、项梁皆败，不如更遣长者，扶义而西，告谕秦父兄。秦父兄苦其主久矣，今诚得长者往，无侵暴，宜可下。项羽不可遣；独沛公素宽大长者，可遣。"显然，对刘邦和项羽，楚怀王是"厚此薄彼"，器重刘邦，防备项羽。项羽当然知道这一点，且楚怀王有"先入定关中者王之"之言在先，挡项羽入关中的道，就是不让项羽摘灭秦的"果实"。刘邦果然如楚怀王之愿先入关中，但项羽不按诺言办事，硬夺得了灭秦的成果，"说一不二"地"分天下以王诸侯"，将刘邦逼到了闭塞之地汉中。项羽对楚怀王，则一是"远迁"，二是"杀掉"（公元前205年）。刘邦呢，听说楚怀王被杀，"袒而大哭，哀临三日"，不仅如此，还借题发挥，告示天下："天下共立义帝，北面事之。今项羽放杀义帝江南，大逆无道。寡人悉发关中兵，收三河士，南浮江汉以下，愿从诸侯王击楚之杀义帝者。"

项羽处理这两件事，都丢了大分，解了一时之忿，埋下了长远的祸根，而刘邦则"以静制动"，"坐收其成"，成了大大的赢家。

看看刘邦和项羽在几件事情上的表现，不难得出结论：刘邦比项羽的智商不知高出多少倍，其机智程度也不知要大多少倍！项羽把喜怒哀乐都表现在脸上，刘邦则是一个城府极深的人。就这一点，项羽就要吃亏。项羽遇事，表现的是一个"莽"字；刘邦遇事，表现出的是一个"智"字。项羽对刘邦，用的是"明枪"，刘邦对项羽，用的是"暗箭"。从军事上说，用这种区别给项羽和刘邦下定语，说谁对谁错，恐怕是不妥当的。但是，如果从成败的因由上分析问题，又的确是一个切入的角度，的确能够看出区别来，这种区别，包括了为人，也包括了战术。还有一点，就是用人上的胸怀问题。

刘邦在总结自己成功经验和项羽失败原因时谈到了自己会用人才，主要是用了张良、萧何、韩信三个人，并批评项羽说：项羽只有一位范增，却不信任重用，这就是他被我打败的原因。刘邦这么总结，说得是有一定道理的，刘邦用人，并非是"用人不疑"，而是"用人之长"。韩信是最典型的例子。这种实用主义，在一定时期，表现出来的是"肚大量宽"。项羽就要逊之一筹，他对人，"疑"就"不用"，显得心胸狭窄。这也是他不够老练的表现之一。

结果，刘邦可以被称为"先生"，而项羽只是一个"武夫"。从"正理"看，刘邦几乎处处站得住脚，史书上将其"宽"、"仁"、"义"等优点都记录下来了。相反的是项羽，"错"与"过"真是犯了不少。

刘邦当然坐拥了天下，这刘家天下一坐就是几百年。

项羽的败，也不能怪刘邦先生。历史上许多人在评价楚汉之争时，实际上多半是夸赞刘邦先生的"仁智"，而批评项羽的"暴鲁"。"仁智"者得天下，"暴鲁"者失天下, 似乎也不是不合逻辑的结局, 结局如此, 谁也改变不了。但对项羽仅是一个"暴鲁"的评价是远远不够的。对项羽, 后来的中国人作评价时心情是复杂的。"恨"不能说没有, 这是因为项羽的杀气十足, 项羽的"残忍", 项羽的"暴烈"。"怨"也是有的, 这是因为项羽的任性, 项羽的不听忠告, 项羽的执迷不悟。除此之外, 对项羽, 人们的惋惜更多, 有时竟是一种同情。柏杨先生曾评价过项羽, 说"他的致命伤是不懂政治", "政治比军事复杂得多, 决不是一个头脑简单的普通军人, 所能胜任"。

不管怎么说, 对项羽, 人们心里总流淌着一股类似同情的河水。这河水流了许多年, 从上一代到下一代, 不曾止息, 不曾断流。心里有这股河水的人, 又分为两类。一类人是既认可刘邦, 又同情项羽。这类人居多。另一类人是看不上刘邦, 同情项羽。这类人居少。的确, 项羽是赢得了很多人的同情, 这种同情, 使项羽的败和死, 都变得相当的沉重。

话当然还要说回来, 刘邦终成帝业, 建立了西汉王朝, 不能说不是英雄。可是在不少人心间, 要是把项羽将军往刘邦先生面前一放, 那"第一英雄"就不一定是刘邦先生了。"第一英雄"败死乌江边上, "第二英雄"

端坐龙椅，也就使这"霸王别姬"的戏唱出眼泪来了，流泪的不只是虞姬一人，还有台下许多观众。虞姬这个人历史上有还是没有，在司马迁之后，人们不想去认真考证，实际上，后人抱着的是宁信其有而不信其无的态度。没有虞姬，岂不少了几分悲情和凄凉？

对项羽，史学家的评价和老百姓的评价，往往有所不同。不同的原因，有感情因素，也有看问题的角度问题。不论是史学家还是老百姓，客观些总是应该坚持的原则。但是，有的史学家对项羽就有点偏颇之见。司马迁先生对项羽有同情之心，但也有些地方说得苛刻了一些。"自矜功伐，奋其私智而不师古，谓霸王之业，欲以力征经营天下。"这样的评价，带有很大的挖苦味道，不能算是一种公道的说法，也不能算说到了点子上。项羽的过错，是大家都看得见的，是想抹也抹不掉的，后人对他，应该有一说一，有二说二，千万不能用"成则英雄败则寇"的眼光把败者的毛病"放大"。这使人想到亚里斯多德的一句话，悲剧主人公"之所以陷入厄运，不是由于他为非作恶，而是由于他犯了错误"。的确，项羽败了。败者当然有失败的原因，这种原因，找到了，找准了，不仅后人对从前的败者有一个交代，

54

更是为后人自己铸造了一面可照可鉴的镜子。项羽这个人，在大败之后，没有机会再"东山再起"，更没有了亲口为自己辩护的可能。在这种情况下，作为后人，如何对待他，如何公平、公正、公允地对待他，真不是一件小事情。话说回来，如果走另一个极端，比如简单地一味赞扬他，把他说成彻底的英雄，说成浑身上下都是优点的人，也不客观，也不合适。我们应该给他的，是一个"本来"的评价。

"恨铁不成钢"是不少人对待项羽的心态。鸿门宴项羽错过了杀掉刘邦的最佳机会，令范增老先生顿足长叹。范增老先生纳闷：这样刚烈的"武夫"，在不该"仁慈"的关键地方怎么会"仁慈"起来？项羽夜坑秦降兵数十万，项羽火烧阿房宫，项羽杀死忠于职守提意见的部下，这等等"不得人心"之举，加上杀秦王子婴，杀楚怀王，都在一定程度上帮了刘邦的忙。"得人心者得天下"，对这个"理"，刘邦比项羽懂。

谈项羽，同情也好，惋惜也罢，不能影响一个基本点：刘邦毕竟收拾了秦末天下大乱的残局而统一了国家。这种统一国家的功绩，是永远要肯定的，这是大功大德。而项羽的过错，根子在自身素质。他的"富贵不归故乡，如衣绣夜行"之语，他的被刘邦谋士陈平稍加间离便赶走了军师范增老先生的愚蠢做法，他的强盛之际分封大批"独立王国"的开历史倒车的行为，都说明了他缺少智识。比如，对赶走范增老先生一事，苏轼在《范增论》中写道："物必先腐也，而后虫生之。人必先疑也，而后谗入之。陈平虽智，安能间无疑之主哉？"这番问话，问得很是深刻。

项羽最后一个错，就是乌江边上不肯上船。"乃天亡我，何渡为！且籍与江东子弟八千人渡而西，今亡一人还，纵江东父兄怜而王我，我何面目见之哉？纵彼不言，籍独不愧心乎！""留得青山在，不怕没柴烧"。项羽不过乌江而自刎，有愧对江东父老的思想包袱，更关键的，是失去了东山再起的希望和信心。历史上落荒而逃的大英雄是不少的，刘邦也曾有狼狈不堪的境遇。一时的失意和失败，不能完全说明问题。而项羽则是经不起大挫折的人，这不能说不是又一个大的遗憾。

项羽要与刘邦"一对一"决斗，刘邦"吾宁斗智，不能斗力"的回答，在悲剧落幕时分应验了：公元前202年冬天，将项羽围成铁桶一般的，是争着要拿项羽人头立功受赏的刘邦麾下的将士。

项羽的结局是悲惨而壮烈的。项羽对自己是有总结的："力拔山兮气盖世，时不利兮骓不逝。骓不逝兮可奈何！虞兮虞兮奈若何！"这曲千古绝唱，令人心碎，也发人深醒，使人痛思。

　　在历史上，像项羽这样有勇无谋的"猛士"是不少的。这类"猛士"一边成着"大事"，一边坏着"大事"；一边为自己"掘墓"，一边为对手"开道"；一边收获眼前的"小喜"，一边酿造长远的"大患"。这样的"猛士"，在相当多的时候，既看不清"自己"，也看不清"敌人"。当然，由于心胸、眼界，在大雾重重中，也很难看清自己的"结局"。

萧何：
有何之难

　　萧何者，名相也。刘汉一朝依赖三个人而建立，这三个人是萧何、张良、韩信。按现代的说法，萧何是位"后勤总司令"。萧何的远见卓识，在刘邦攻克咸阳就凸现出来：秦都一破，众将争先恐后打开府库，分取金银财宝，只有萧何，将秦朝宰相御史掌管的法律诏令等文献档案收藏了起来。刘邦后来能够了解天下的险关要塞、户口多少、田产好坏、百姓疾苦，就是因为得到了秦王朝的完整档案。但是，萧何也有"眼光短浅"的地方。在后人评价萧何时，就有一件"小事"不能不当"大事"理论理论。

这件"小事"，是当年萧何因大修大造宫殿而触怒了刘邦。

我们不妨先看看《史记》上的记载：

> 萧丞相营作未央官，立东阙、北阙、前殿、武库、太仓。高祖还，见宫阙壮甚，怒，谓萧何曰："天下匈匈苦战数岁，成败未可知，是何治宫室过度也？"萧何曰："天下方未定，故可因遂就宫室。且夫天子以四海为家，非壮丽无以重威，且无令后世有以加也。"高祖乃说。

再来读读《汉书》对此事的记载：

> 二月，至长安，萧何治未央官，立东阙、北阙、前殿、武库、太仓。上见其壮丽，甚怒，谓何曰："天下匈匈，劳苦数岁，成败未可知，是何治宫室过度也！"何曰："天下方未定，故可因以就宫室。且夫天子以四海为家，非令壮丽亡以重威，且亡令后世有以加也。"上说。自栎阳徙都长安。

59

我们还可以看看《资治通鉴》对此事的记载：

> 春，二月，上至长安。萧何治未央宫，上见其壮丽，甚怒，谓何曰："天下匈匈，苦战数岁，成败未可知，是何治宫室过度也！"何曰："天下方未定，故可因以就宫室。且夫天子以四海为家，非壮丽无以重威，且无令后世有以加也。"上说。

三位史家虽然生活的年代有先有后，但对此事的记载则大体相同。那么，他们三位对萧何的做法有什么看法，是赞许还是贬抑？

刘邦由"怒"而"悦"，可谓是一百八十度的大转弯。在中国历史上，皇帝在"会说话"的大臣的开导下先怒后喜的例子很多，萧何把刘邦说服也算不上什么奇事。"无令后世有以加也"的意思，是不让后来的继承者再有超越和追加。这话说得幼稚可笑，刘邦则转怒为喜。萧何这次办的大兴土木之事，是奢靡之举，"圆场"用的却又是"歪理"。这就有点麻烦了。司马光实在忍不住了，对此事可是作了一番"尖刻"的批评："王者以仁义为丽，道德为威，未闻其以宫室填服天下也。天下未定，当克己节用以趋民之急；而顾以宫室为先，岂可谓之知所务哉！昔禹卑宫室而桀为倾宫。创业垂统之君，躬行节俭以示子孙，其末流犹入于淫靡，况示之以侈乎！乃云'无令后世有以加'，岂不谬哉！至于孝武，卒以宫室罢敝天下，未必不由酂侯启之也！"

这里先说明一个观点：这件事，萧何做得的确"欠妥当"。但是，这不能动摇萧何在中国历史上的良相地位。萧何是一位了不起的对国家统一有巨大贡献的人，也对刘汉一朝稳固统治起过关键作用。

使人难以明白的一个问题是：像萧何这样一个城府很深的"明白人"，怎么会做出这样的"糊涂事"？

实际上，萧何这个人，是刘邦的得力助手，高级参谋，也一直生活在刘邦的阴影里，处于"危险状态"。这种"危险"，不是对刘邦而言，而是对萧何自己。看看萧何的传记，给人一个很深的印象是：刘邦一直防着萧何，而萧何也一直战战兢兢地为刘邦做事。

萧何有四次化险为夷的经历。

先说头一次。据《史记》载：

"汉三年，汉王与项羽相距京索之间，上数使使劳苦丞相。鲍生谓丞相曰：'王暴衣露盖，数使使劳苦君者，有疑君心也。为君计，莫若遣君子孙昆弟能胜兵者悉诣军所，上必益信君。'于是何从其计，汉王大说。"

再说第二次。据《史记》载：

"汉十一年，陈豨反，高祖自将，至邯郸。未罢，淮阴侯谋反关中，吕后用萧何计，诛淮阴侯……上已闻淮阴侯诛，使使拜丞相何为相国，益封五千户，令卒五百人一都尉为相国卫。诸君皆贺，召平独吊。召平者，故秦东陵侯。秦破，为布衣，贫，种瓜于长安城东，瓜美，故世俗谓之'东陵瓜'，从召平以为名也。召平谓相国曰：'祸自此始矣。上暴露于外而君守于中，非被矢石之事而益君封置卫者，以今者淮阴侯新反于中，疑君心矣。夫置卫卫君，非以宠君也。愿君让封勿受，悉以家私财佐军，则上心悦。'相国从其计，高帝乃大喜。"

还有第三次。据《史记》载：

"汉十二年秋，黥布反，上自将击之，数使使问相国何为。相国为上在军，乃拊循勉力百姓，悉以所有佐军，如陈豨时。客有说相国曰：'君灭族不久矣。夫君位为相国，功第一，可复加哉？然君初入关中，得百姓心，十余年矣，皆附君，常复孳孳得民和。上所为数问君者，畏君倾动关中。今君胡不多买田地，贱贳贷以自污？上心乃安。'于是相国从其计，上乃大悦。"

要说最危险的，是第四次。《史记》对此记载如下：

上罢布军归，民道遮行上书，言相国贱强买民田宅数千万。上至，相国谒。上笑曰："夫相国乃利民！"民所上书皆以与相国，曰："君自谢民。"相国因为民请曰："长安地狭，上林中多空地，弃，愿令民得入田，毋收稿为禽兽食。"上大怒曰："相国多受贾人财物，乃为请吾苑！"乃下相国廷尉，械系之。数日，王卫尉侍，前问曰："相国何大罪，陛下系之暴也？"上曰："吾闻李斯相秦皇帝，有善归主，有恶自与。今相国多受贾竖金而为民请吾苑，以自媚于民，故系治之。"王卫尉曰："夫职事苟有便于民而请之，真宰相事，陛下奈何乃疑相国受贾人钱乎！且陛下距楚数岁，陈豨、黥布反，陛下自将而往，当是时，相国守关中，摇足则关以西非陛下有也。相国不以此时为利，今乃利贾人之金乎？且秦以不闻其过亡天下，李斯之分过，又何足法哉。陛下何疑宰相之浅也。"高帝不怿。是日，使使持节赦出相国。相国年老，素恭谨，入，徒跣谢。高帝曰："相国休矣！相国为民请苑，吾不许，我不过为桀纣主，而相国为贤相。吾故系相国，欲令百姓闻吾过也。"

这段故事，透出的还是刘邦对萧何的"不放心"。这个王卫尉看出了刘邦的心病，直截了当点出了问题的要害所在："且陛下距楚数岁，陈豨，黥布反，陛下自将而往，当是时，相国守关中，摇足则关以西非陛下有也。相国不以此时为利，今乃利贾人之金乎？"这样把话说到明处了，也真见效，刘邦总算把萧何从大牢里放了出来，还来了个"赔不是"。

但刘邦"赔不是"的这番说辞，是言不由衷的，也是相当虚伪的。刘邦这次发这么大的脾气，究竟是何原因，萧何心里，应该是明明白白的。

司马迁在《史记》中，对萧何的记述，一直围绕着刘邦与萧何的关系这个中心，笔法冷静，寓意颇深。如果要问："刘邦了不了解萧何？"回答可能有三种：一，了解；二，不了解；三，有一定的了解。但在"萧何了不了解刘邦"这个问题上，我们可以肯定地说，只有一种可能：太了解了。

在刘邦身上，同时存在着两个看似矛盾的表象：一个是刘邦心胸宽大，善于使用各种人才，包括毛病突出的人才；一个是刘邦疑心很重，对谁都不放心。这两个表象，在萧何这个人的使用上表现得格外明显。萧何与刘邦系"布衣之交"。刘邦当亭长，当汉王，当皇帝，萧何都一直是忠心耿耿。不仅如此，萧何还为刘邦立下了汗马功劳。灭掉项羽后论功行赏时，刘邦作出"萧何第一，曹参次之"的决定，也证明了这一点。刘邦还说过："镇国家，抚百姓，给馈饷，不绝粮道，吾不如萧何。"刘邦对萧何的评价，是不过分的。无论从哪方面讲，萧何都是对得起刘汉一朝的。但是，正因为萧何有做大事的能力，声望亦不同一般，刘邦对萧何一直都不太放心。在刘邦不放心中要做成大事，消除刘邦时起时伏的疑虑，萧何是很不容易的。除了委屈求全，除了忍辱负重，还要讲"计谋"，装"糊涂"，甚至还要做点让后人看不上眼的"荒唐事"。萧何为刘邦大修宫殿，就是一例。这件事引人思索的并不是萧何的为人品质，而是萧何的"境遇"。"用人不疑，疑人不用"，这句话在刘邦身上，至少是打了折扣的。刘邦对萧何，对韩信，都不是不用，也不是用而不疑。刘邦用人的诚意，面对天下纷争、群雄竞逐的动荡年代，功利的成份也实在是大了一些。

陈平：
平与不平

　　解读陈平这个人，很费思量。在历史上，他得到的评价是很不低的。要说起他的经历，是相当曲折的，他对刘汉一朝是立了大功的，且这些功立得很不容易。

　　说陈平，故事不少。《史记》和《汉书》上都讲到过的一件事就很蹊跷。从这件事来看陈平，也许能启动一个新的视角，这就是刘邦下令处死樊哙，而陈平没有执行。

　　我们还是看看两位史学家的原作。

　　先看《史记》上的记载：

高帝从破布军还，病创，徐行至长安。燕王卢绾反，上使樊哙以相国将兵攻之。既行，人有短恶哙者。高帝怒曰："哙见吾病，乃冀我死也。"用陈平谋而召绛侯周勃受诏床下，曰："陈平亟驰传载勃代哙将，平至军中即斩哙头！"二人既受诏，驰传未至军，行计之曰："樊哙，帝之故人也，功多，且又乃吕后弟吕媭之夫，有亲且贵，帝以忿怒故，欲斩之，则恐后悔。宁囚而致上，上自诛之。"未至军，为坛，以节召樊哙。哙受诏，即反接载槛车，传诣长安，而令绛侯勃代将，将兵定燕反县。

　　平行闻高帝崩，平恐吕太后及吕媭谗怒，乃驰传先去。逢使者诏平与灌婴屯于荥阳。平受诏，立复驰至宫，哭甚哀，因奏事丧前。吕太后哀之，曰："君劳，出休矣。"平畏谗之就，因固请得宿卫中。太后乃以为郎中令，曰："傅教孝惠。"是后吕媭谗乃不得行。樊哙至，则赦复爵邑。

再看《汉书》上的记载：

68

高帝从击布军还，病创，徐行至长安。燕王卢绾反，上使樊哙以相国将兵击之。既行，人有短恶哙者。高帝怒曰："哙见吾病，乃几我死也！"用平计，召绛侯周勃受诏床下，曰："陈平乘驰传载勃代哙将，平至军中即斩哙头！"二人既受诏，驰传未至军，行计曰："樊哙，帝之故人，功多，又吕后女弟婴夫，有亲且贵，帝以忿怒故欲斩之，即恐后悔。宁囚而致上，令上自诛之。"未至军，为坛，以节召樊哙。哙受诏，即反接，载槛车诣长安，而令周勃代将兵定燕。

平行闻高帝崩，平恐吕后及吕婴怒，乃驰传先去。逢使者诏平与灌婴屯于荥阳。平受诏，立复驰至宫，哭殊悲，因奏事丧前。吕后哀之，曰："君出休矣！"平畏谗之就，因固请之，得宿卫中。太后乃以为郎中令，曰傅教帝。是后，吕婴谗乃不得行。樊哙至，即赦复爵邑。

从司马迁，到班固，对陈平的记载，"同"多"异"少。就这件事的记载而言，也是基本一致。说"异"，有史料之异，有观点之异，还有结构之异。就结构之异看，

69

最引人注目的，是对陈平权谋之源的记述。司马迁在文尾说了一句"陈丞相平少时，本好黄帝、老子之术"，而班固则在文首就写了"少时家贫，好读书，治黄帝、老子之术"。司马迁公元前145年出生，公元前90年去世；班固公元32年出生，公元92年去世。司马迁在前，班固在后，相隔这么多年后，这个结构上的变动，很有意味。

陈平这个人，很不一般。他出身贫寒，却志向远大，且身怀绝技，司马迁说他"常出奇计，救纠纷之难，振国家之患"。班固也有一个评价，说得很有意思："平自初从，至天下定后，常以护军中尉从击臧荼、陈豨、黥布。凡六出奇计，辄益邑封。奇计或颇秘，世莫得闻也。"陈平未入仕途之前，曾在乡里祭祀社神后主刀分祭肉，分得很均匀。乡亲们称赞说：很好，陈家的孩子分配祭肉真是公平。陈平听了之后，说了一句"大话"：哎呀，要是要我来治理国家，我也会像分祭肉一样处事公平！

陈平真是没有当凡夫俗子，一直在寻找发挥才智的机会。来到刘邦麾下前，他先侍奉魏王咎，魏王刚开始也还对他不错，任命他为太仆。后来他向魏王进言，魏王听不进去，又有人说他的坏话，他觉得处境不妙，赶快逃跑了。

陈平投奔的第二个人，便是项羽。开始，项羽待他也不薄，又是封信武君，又是拜都尉，又是赐黄金。但好景不长，因陈平参加平定的殷国被汉王攻占，项羽要迁怒于当时平定殷国的将领，陈平惧怕被杀，封存官印和所赐之黄金，只身带剑沿小路而逃。

　　第三次的选择，陈平把希望寄托在了一个人身上，这个人就是刘邦。介绍他见刘邦的人叫魏无知。刘邦跟他谈了谈，感觉不错，很快任用了他。在这个过程中，周勃、灌婴等人很看不惯陈平的得宠，在刘邦面前说了他不少坏话。这些坏话，主要有三：一是说他曾跟嫂子通奸，二是说他贪爱钱财，三是说他朝三暮四，为人不忠。刘邦听了这些话，把魏无知叫来责怪了一通。魏无知说：我所讲的，是他的才能；陛下所问的，是他的品行。如今即使他有好的品德，但无补于战争的胜负，目前楚汉相互对峙，我推荐擅长奇谋妙计的人才，只考虑他的计谋是否真的有利于国家。刘邦一听，疑心还是消不掉，又找来陈平问话。陈平为自己前两次投主弃主作了辩解后说：我先跟随魏王不假，可魏王听不进我的意见。离开魏王又跟随了项羽也不假，可项羽对谁都不信任，凡是人才都不使用。听说汉王能够任用人才，所以归附大王。我两手空空而来，不接受钱财就没有资金费用。如果我的计谋有可以采纳的，就希望大王采纳；如果没有可采纳的，钱财都在，我可以原封不动送还，大王就让我带着这把骨头回去就是了。这番话，打掉了刘邦多少疑心不得而知，但刘邦听了魏无知和陈平两个人话，心里显然有数了，他从此便大胆任用陈平。

陈平为刘汉一朝，也的确做了不少事，最大的有四件：一是出离间策，将范增老先生从项羽身边赶走，加速了项羽的败亡；二是公元前 200 年刘邦被匈奴围困平城，七天没有吃饭，陈平出计使刘邦得以脱险；三是帮刘邦驾驭和收治韩信，平定陈豨和黥布的叛乱；四是在吕后死后诛灭吕氏势力，恢复了刘家元气。

上面谈这么多背景资料，为的是想弄清一件事。这件事里有一些疑问，看了不想不行，想了得出的结论又觉得很没把握。这就是《史记》和《汉书》上都有记载的刘邦下令杀樊哙而陈平等人没有照办的事。

我们来看看这个过程：樊哙是刘邦的左右手，是吕后的妹妹吕嬃的丈夫，不是一般的人物。而就在刘邦生病的时候，刘邦派樊哙带兵平定燕王卢绾的叛乱，有人散布了樊哙不听指挥的坏话；正在这个时候，陈平出场了，他帮着刘邦出了诛杀樊哙的阴谋；陈平和周勃带着刘邦签署的"密杀令"上路了；途中，陈平与周勃商量，不能照刘邦病床前嘱咐的意见办，樊哙不能杀，可以先绑起来，押回长安让刘邦来杀；还没有到达樊哙军中，在路途上便找来樊哙，拿出刘邦的天子诏令，将樊哙囚押起来；周勃代替樊哙指挥军队平叛，陈平押解樊哙回长安；路上，得知刘邦病逝，陈平害怕被吕婆诬陷，急忙先行见吕后说明情况；吕后不但没有怪罪他，还给他吃了"定心丸"，使他成了辅佐新皇帝的师傅。

《史记》对樊哙的个人记载上有这样一段话：

> 其后卢绾反，高帝使哙以相国击燕。是时高帝病甚，人有恶哙党于吕氏，即上一日宫车晏驾，则哙欲以兵尽诛灭戚氏、赵王如意之属。高帝闻之大怒，乃使陈平载绛侯代将，而即军中斩哙。陈平畏吕后，执哙诣长安。至则高祖已崩，吕后释哙，使复爵邑。

这段话说明白了这么三层意思：第一，刘邦病重中听到了有人对樊哙的"谗言"；第二，刘邦对樊哙下手是为了防范"身后"的危险；第三，陈平畏惧吕后的权势，

73

所以才缓杀了樊哙。这段话虽然没有点到杀樊哙的主意是陈平出的，但将刘邦所以"大怒"的原因点透了一层：刘邦担心自己死后吕家的势力太大，要在死前除掉吕后的亲戚、握有重权的樊哙。而这种战略考虑，陈平作为主谋是很可能的。

但疑问同时也产生了：陈平对刘邦、吕后与樊哙的关系，不是在路上才知道的吧，怎么陈平在长安城为刘邦出了诛杀的主意而在执行途中才想到了这层特殊的关系？司马迁的《史记》中说陈平"奇计或颇秘，世莫闻得也"，这次杀樊哙的阴谋，史学家如此叙述，不能看出一些蹊跷来吗？这会不会是计中有计呢？我们还可以来看看吕后当政后陈平的处境。说处境和表现，是四句话：一，吕后一直在关照陈平，至少表面上给人这样的印象；二是吕后的妹妹吕嬃经常找机会报复陈平，对当年陈平出计谋要樊哙的脑袋一事耿耿于怀；三，陈平对吕后很"忠"，至少表面上是这样，因为连立吕家的人为王这样"犯规"的事情，陈平竟都能逢迎；四，陈平心里又蕴藏着新的计谋，这个新计谋，在吕后刚死便展示出来，陈平与周勃的联手，宣告了诸吕的灭亡。

话又要说回来，陈平在刘邦受了重伤、生命垂危之际，为什么敢于向刘邦献计要杀樊哙？这会不会是陈平要打一张"樊哙牌"？打这张牌，要冒一定的风险，但也有极大的"收益"。这就有多种可能：比如说，可不可能陈平出长安前就知道刘邦将不久于人世，暗中给刘邦出杀樊哙的主意，人们都以为"诛杀令"是刘邦自己下的，派陈平去执行，但陈平实际上不加执行，这样对吕家落个"大人情"；再比如一种可能，是陈平出长安前不知道刘邦将不久于人世，陈平不但公开谋划杀樊哙的主意，还打算去执行刘邦批准的方案，只是途中多想了想，产生了先"刀下留人"的临时动议，真的把樊哙交给刘邦处理，自己不沾直接杀樊哙的边儿。

从历史记载看，吕后的妹妹吕媭知道杀樊哙陈平当年是主谋。这就是说，当年杀掉樊哙的计划不只刘邦和陈平两个人知道。这个秘密，是刘邦临终前流露出来的，还是陈平在刘邦死后"因奏事丧前"自己说出来的？这还是一个谜。

陈平是个既精明又不外露的人，他在杀樊哙问题上不会不慎重考虑再三。分析起来，还有另一种可能，这就是陈平知道刘邦将不久于人世，也看到了吕家的势力正在膨胀，但估计刘邦还不会马上离世，为了在刘邦生前借刘邦之力削弱吕家势力，策划了诛杀樊哙的计谋。可以推测，在计谋执行前夕，陈平又得到刘邦病危、吕家很快要掌权的信息，于是陈平与周勃商量，想出了"囚而致上"的办法，为的是给自己留下后路，也为日后巩固刘汉一朝天下保存力量。

历史有历史的原本。后人的猜测不能重构重现历史。这是基本的道理。但后人可以从蛛丝马迹中提出疑问，从各种矛盾现象里探寻原本的东西。由于时间过去得太久，史料又有限，各种史书说法有同有异，后人评论古人的事，本身是很难的。解读陈平这样一个神秘的人物，更是难上加难。陈平的才与德，是单有才而无德还是才德双全？这个问题似乎是很难说明白的，在兵荒马乱、烽火连天的年代里，衡量一个人的成败得失，什么是主流，什么是支流，一定要分清楚。

不管怎么说，陈平都是位良相。本文中对一个诛杀樊哙事件的一些推测和分析，目的是为了寻找看人论事的新角度，不论哪种可能属实，都不影响对这个基本结论的坚持。

韩信：

信与不信

公元前202年夏的一天，刚刚当上皇帝、定都洛阳的刘邦先生，在洛阳南宫大摆宴席，款待各路有功将臣，此刻他的心情是亢奋的，喜悦中也感慨颇多。酒过三巡，刘邦站起来说：各位诸侯将领，有一件事儿，请大家都实话实说，不要有丝毫隐瞒，我刘邦为什么能够得到天下？项羽为什么会失去天下？高起、王陵争着回答：陛下傲慢而喜欢侮辱人，项羽仁慈而爱护人。但是陛下派人攻城夺地，攻下了城邑就分封给有功者，与大家分享利益。项羽则不同，他常常是嫉贤妒能，有功的遭到陷害，贤良的受到猜忌，打了胜仗不赏，攻城夺地不奖，所以他失去了天下。刘邦听了，作出了自己的回答：你们只知其一，不知其二。更关键的原因，在于我善于用有能力的人，而项羽做不到。论在营帐之中定计设策，决胜于千里之外，我不如张良；论治国安民，调运军粮，保障运输线路畅通无阻，我不如萧何；论统帅百万大军，战能胜，攻能克，我不如韩信。这三个人都有比我强的地方，但都被我所任用。项羽却不同，他只有一个范增还不能容下使用，这也就是他被我打败的原因。

在中国历史上，楚汉战争是十分惨烈的，也是中国再次统一之前的一场生死之战。刘邦最终成为胜利者，项羽惨败别姬自杀。刘邦在经历了生死考验、统一天下之后，对自己何以取胜作了总结，没有将功劳全揽在自己身上，而重点地突出了张良、萧何、韩信的功劳，实在是说了公道话。这样概括成败原因，眼界也是很不低的。问题在于，几年之后，这三个人中便有一位被杀了头，成为"叛将"，诛连三族。这个人便是韩信。直接下手的人是刘邦之妻吕后，"帮忙"的人是当初力荐韩信的萧何。刘邦知道韩信被诛的消息后，其心情是"且喜且怜之"。想来，这时的心境是相当复杂的。

那么，我们来看看刘邦与韩信之间，究竟发生了什么，换句话说，刘邦对杀掉韩信"喜"在哪里又"怜"在何处？

韩信跟从刘邦，有一个过程。开始，他跟随的是项羽，"数以策干项羽，羽不用"。不得志的他，投奔到刘邦大旗之下。刚入汉营，也"未得知名"。经人推荐，韩信也才当了个治粟都尉，依然是"上未之奇也"。

韩信发迹，得益于萧何的伯乐之功。《史记》上有这么一段记述：

> 信数与萧何语，何奇之。至南郑，诸将行道亡者数十人，信度何等已数言上，上不我用，即亡。何闻信亡，不及以闻，自追之。人有言上曰："丞相何亡。"上大怒，如失左右手。居一二日，何来谒上，上且怒且喜，骂何曰："若亡，何也？"何曰："臣不敢亡也，臣追亡者。"上曰："若所追者谁？"何曰："韩信也。"上复骂曰："诸将亡者以十数，公无所追，追信，诈也。"何曰："诸将易得耳，至如信者，国士无双。王必欲长王汉中，无所事信；必欲争天下，非信无所与计事者。顾王策安所决耳。"王曰："吾亦

欲东耳，安能郁郁久居此乎？"何曰："王计必欲东，能用信，信即留；不能用，信终亡耳。"王曰："吾为公以为将。"何曰："虽为将，信必不留。"王曰："以为大将。"何曰："幸甚。"于是王欲召信拜之。何曰："王素慢无礼，今拜大将如呼小儿耳，此乃信所以去也。王必欲拜之，择良日，斋戒，设坛场，具礼，乃可耳。"王许之。诸将皆喜，人人各自以为得大将。至拜大将，乃韩信也，一军皆惊。

信拜礼毕，上坐。王曰："丞相数言将军，将军何以教寡人计策？"信谢，因问王曰："今东乡争权天下，岂非项王邪？"汉王曰："然。"曰："大王自料勇悍仁强孰与项王？"汉王默然良久，曰："不如也。"信再拜贺曰："惟信亦为大王不如也。然臣尝事之，请言项王之为人也。项王喑噁叱咤，千人皆废，然不能任属贤将，此特匹夫之勇耳。项王见人恭敬慈爱，言语呕呕，人有疾病，涕泣分食饮，至使人有功当封爵者，印刓敝，忍不能予，此所谓妇人之仁也。项王虽霸天下而臣诸侯，不居关中而都彭城，有背义帝之约，而以亲爱王，诸侯不平。诸侯之见项王迁逐义帝置江南，亦皆归逐其主而自王善地。项王所过无不残灭者，天下多怨，百姓不亲附，特劫于威强耳。名虽为霸，实失天下心。故曰其强易弱。今大王诚能反其道，任天下武勇，何所不诛！以天下城邑封功臣，何所不服！以义兵从思东归之士，何所不散！且三秦王为秦将，将秦子弟数岁矣，所杀亡不可胜计，又欺其众降诸侯，至新安，项王诈坑秦降卒二十余万，惟独邯、欣、翳得脱，秦父兄怨此三人，痛入骨髓。今楚强以威王此三人，秦民莫爱也。大王之入武关，秋豪无所害，除秦苛法，与秦民约，法三章耳，秦民无不欲得大王王秦者。于诸侯之约，大王当王关中，关中民咸知之。大王失职入汉中，秦民无不恨者。今大王举而东，三秦可传檄而定也。"于是汉王大喜，自以为得信晚。遂听信计，部署诸将所击。

韩信在萧何举荐下，得到了向刘邦进言的机会，一番话说到了刘邦的心坎上，也奠定了自己在汉营的重要地位。韩信分析的项羽的弱点，如"妇人之仁"，再往后的实践证明是有充分根据的。

韩信得到重用，为汉王刘邦立下了奇功。韩信的"东归策"和"垓下之役"之功，对刘邦至关紧要。也正是在这个过程中，刘邦开始对韩信产生了戒心。公元前203年，韩信致信刘邦，要求刘邦封他为代齐王。当时刘邦正处于楚军的包围之中，心情很不好。见到送信的使者，刘邦破口大骂："吾困于此，旦暮望若来佐我，乃欲自立为王！"在场的陈平听后暗中踩了踩刘邦的脚，刘邦马上明白过来，又立刻大声喊道："大丈夫定诸侯，即为真王耳，何以假为！"说完，立即派张良去宣布封韩信为齐王，同时要求韩信出兵攻击楚军。韩信被刘邦怀疑，是不是始于韩信要求封代齐王，有待考证。但刘邦从此对韩信多了防范之心是肯定无疑的。其实，手握重兵的韩信，也确实几次被人劝说应"另起炉灶"，这些劝告也成了他在临死前的"大憾"。

韩信曾遇到两个"策反者"。韩信听是听了，也没有出卖对方，然而也没从其所言。

第一个"策反者"叫武涉。《史记》对此事记载如下：

楚已亡龙且，项王恐，使盱眙人武涉往说齐王信曰："天下共苦秦久矣，相与戮力击秦。秦已破，计功割地，分土而王之，以休士卒。今汉王复兴兵而东，侵人之分，夺人之地，已破三秦，引兵出关，

82

收诸侯之兵以东击楚，其意非尽吞天下者不休，其不知厌足如是甚也。且汉王不可必，身居项王掌握中数矣，项王怜而活之。然得脱，辄倍约，复击项王，其不可亲信如此。今足下虽自以与汉王为厚交，为之尽力用兵，终为之所禽矣。足下所以得须臾至今者，以项王尚存也。当今二王之事，权在足下。足下右投则汉王胜，左投则项王胜。项王今日亡，则次取足下。足下与项王有故，何不反汉与楚连和，参分天下王之？今释此时，而自必于汉以击楚，且为智者固若此乎？"韩信谢曰："臣事项王，官不过郎中，位不过执戟，言不听，画不用，故倍楚而归汉。汉王授我上将军印，予我数万众，解衣衣我，推食食我，言听计用，故吾得以至于此。夫人深亲信我，我倍之，不祥，虽死不易。幸为信谢项王。"

第二个"策反者"叫蒯通。《史记》记载如下：

　　武涉已去，齐人蒯通知天下权在韩信，欲为奇策而感动之，以相人说韩信曰："仆尝受相人之术。"韩信曰："先生相人何如？"对曰："贵贱在于骨法，

83

忧喜在于容色，成败在于决断，以此参之，万不失一。"

韩信曰："善。先生相寡人何如？"对曰："愿少间。"

信曰："左右去矣。"通曰："相君之面，不过封侯，又危不安。相君之背，贵乃不可言。"韩信曰："何谓也？"蒯通曰："天下初发难也，俊雄豪杰建号壹呼，天下之士云合雾集，鱼鳞杂遝，熛至风起。当此之时，忧在亡秦而已。今楚汉分争，使天下无罪之人肝胆涂地，父子暴骸骨于中野，不可胜数。楚人起彭城，转斗逐北，至于荥阳，乘利席卷，威震天下。然兵困于京、索之间，迫西山而不能进者，三年于此矣。汉王将数十万之众，距巩、洛，阻山河之险，一日数战，无尺寸之功，折北不救，败荥阳，伤成皋，遂走宛、叶之间，此所谓智勇俱困者也。夫锐气挫于险塞，而粮食竭于内府，百姓罢极怨望，容容无所倚。以臣料之，其势非天下之贤圣固不能息天下之祸。当今两主之命县于足下，足下为汉则汉胜，与楚则楚胜。臣愿披腹心，输肝胆，效愚计，恐足下不能用也。诚能听臣之计，莫若两利而俱存之，参分天下，鼎足而居，其势莫敢先动。夫以足下之贤圣，有甲兵之众，据强齐，从燕、赵，出空虚之地而制其后，因民之欲，

84

西乡为百姓请命，则天下风走而响应矣，孰敢不听！割大弱强，以立诸侯，诸侯已立，天下服听而归德于齐。案齐之故，有胶、泗之地，怀诸侯以德，深拱揖让，则天下之君王相率而朝于齐矣。盖闻天与弗取，反受其咎；时至不行，反受其殃。愿足下熟虑之。"

韩信曰："汉王遇我甚厚，载我以其车，衣我以其衣，食我以其食。吾闻之，乘人之车者载人之患，衣人之衣者怀人之忧，食人之食者死人之事，吾岂可以乡利倍义乎？"蒯生曰："足下自以为善汉王，欲建万世之业，臣窃以为误矣。始常山王、成安君为布衣时，相与为刎颈之交，后争张黡、陈泽之事，二人相怨，常山王背项王，奉项婴头而窜，逃归于汉王。汉王借兵而东下，杀成安君泜水之南，头足异处，卒为天下笑。此二人相与，天下至骥也。然而卒相禽者，何也？患生于多欲而人心难测也。今足下欲行忠信以交于汉王，必不能固于二君之相与也，而事多大于张黡、陈泽。故臣以为足下必汉王之不危己，亦误矣。大夫种、范蠡存亡越，霸勾践，立功成名而身死亡。野兽已尽而猎狗亨。夫以交友言之，则不如张耳之与成安君者也；以忠信言之，则不过

85

大夫种、范蠡之于勾践也。此二人者，足以观矣。愿足下深虑之。且臣闻勇略震主者身危，而功盖天下者不赏。臣请言大王功略：足下涉西河，虏魏王，禽夏说，引兵下井陉，诛成安君，徇赵，胁燕，定齐，南摧楚人之兵二十万，东杀龙且，西乡以报，此所谓功无二于天下，而略不世出者也。今足下戴震主之威，挟不赏之功，归楚，楚人不信，归汉，汉人震恐。足下欲持是安归乎？夫势在人臣之位而有震主之威，名高天下，窃为足下危之。"韩信谢曰："先生且休矣，吾将念之。"

后数日，蒯通复说曰："夫听者事之候也，计者事之机也，听过计失而能久安者，鲜矣。听不失一二者，不可乱以言；计不失本末者，不可纷以辞。夫随厮养之役者，失万乘之权；守担石之禄者，阙卿相之位。故知者决之断也，疑者事之害也，审毫氂之小计，遗天下之大数，智诚知之，决弗敢行者，百事之祸也。故曰'猛虎之犹豫，不若蜂虿之致螫；骐骥之跼躅，不如驽马之安步；孟贲之狐疑，不如庸夫之必至也；虽有舜、禹之智，吟而不言，不如瘖聋之指麾也'。此言贵能行之。夫功者难成而易败，时者难得而易

86

失也。时乎时，不再来，愿足下详察之。"韩信犹豫，不忍倍汉，又自以为功多，汉终不夺我齐，遂谢蒯通。蒯通说不听，已，详狂为巫。

清代管同在《蒯通论》一文中曾有"使韩信听蒯通之计，汉之为汉，诚未可知"之说。韩信没有听从"策反者"的劝说，没有落实在行动上，心里是不是有所动，现在已难以评判了。但是，当韩信在公元前201年冬牺牲了好友钟离昧换来的是脚镣手铐，韩信这才感叹道："果若人言：'狡兔死，良狗烹；高鸟尽，良弓藏；敌国破，谋臣亡。'天下已定，我固当烹！"韩信于公元前196年春被吕后和萧何设计处死，临死前再次仰天长叹："吾悔不用蒯通之计，乃为儿女子所诈，岂非天哉！"

韩信对不起刘邦的地方，也是有的。公元前202年冬，刘邦追击向东撤退之中的项羽，追到固陵，征召齐王韩信前来会师，韩信没有及时赶来。刘邦用了张良的划地封王之策，韩信才赶来会战，一举在垓下将西楚霸王项羽打败。打败项羽后，刘邦在定陶突然闯入韩信大营，夺了他的印信，控制了韩信的军队，正式改封韩信为楚王。这件事对刘邦是一次极大的刺激，也使刘邦的疑心加重。

韩信后来与陈豨密谋要造反,如果是事实,恐怕也是另有他因的。从两位"策反者"的策反经过看,韩信在兵权削尽之后再想着谋反,不到万不得己的时候是下不了决心的。

韩信是个什么人?好人?坏人?好坏兼有的人?读《史记》和《资治通鉴》,明显的一个感觉是:司马迁和司马光,在韩信这个人上,态度有异常暧昧之处。

司马迁对韩信,是有一定的同情心的。在《淮阴侯列传》末"太史公曰"中,司马迁说了这么一段耐人寻味的话:"假令韩信学道谦让,不伐己功,不矜其能,则庶几哉,于汉家勋可以比周、召、太公之徒,后世血食矣!不务出此,而天下已集,乃谋畔逆,夷灭宗族,不亦宜乎!"话中明有责备之句,话外有同情之音。

后人的一个评价说,韩信是个"工于谋天下",而"拙于谋一身"的人物。在司马迁的笔下,韩信得到了隐含的同情。而在司马光的笔下,韩信的结局似乎是命中注定。

司马光在《资治通鉴》中对韩信,从内心里也是有同情的成分的,他在评论张良"愿弃人间事,欲从赤松子游耳"时说了这么一番话："夫生之有死，譬犹夜旦之必然；自古至今，固未尝有超然而独存者也。以子房之明辨达理，足以知神仙之虚诡矣；然其欲从赤松子游者，其智可知也。夫功名之际，人臣之所难处。如高帝所称者，三杰而已。淮阴诛夷，萧何系狱，非以履盛满而不止耶！故子房托于神仙，遗弃人间，等功名于外物，置荣利而不顾，所谓明哲保身者，子房有焉。"这"话中有话"，对"居功而危"的处境的剖析，实际上从另一个侧面为韩信的结局作了客观的注脚。

司马迁评价韩信，话说得很含蓄，因为他毕竟生活在汉代；司马光说韩信，放开中有很大保留，因为他毕竟处在封建统治更加强化的北宋时代。司马光在《资治通鉴》中，给韩信作了一个从前说到后、从里说到外的评价：

臣光曰：世或以韩信首建大策，与高祖起汉中，定三秦，遂分兵以北，禽魏，取代，仆赵，胁燕，东击齐而有之，南灭楚垓下，汉之所以得天下者，大抵皆信之功也。观其距蒯彻之说，迎高祖于陈，岂有反心哉！良由失职怏怏，遂陷悖逆。夫以卢绾里闲

89

旧恩，犹南面王燕，信乃以列侯奉朝请；岂非高祖亦有负于信哉？臣以为高祖用诈谋禽信于陈，言负则有之；虽然，信亦有以取之也。始，汉与楚相距荥阳，信灭齐，不还报而自王；其后汉追楚至固陵，与信期共攻楚而信不至；当是之时，高祖固有取信之心矣，顾力不能耳。及天下已定，信复何恃哉！夫乘时以徼利者，市井之志也；酬功而报德者，士君子之心也。信以市井之志利其身，而以士君子之心望于人，不亦难哉！

在这个"终评"里，司马光说到了韩信的功绩，点出了韩信的过错，并寻找出了韩信"叛逆"的根源。值得注意的，是司马光的这句话："观其距蒯彻之说，迎高祖于陈，岂有反心哉！良由失职怏怏，遂陷悖逆。"这个分析，表明了韩信"谋反"是一种被动的结果。司马光看韩信，比之司马迁，又进了一步："信以市井之志利其身，而以士君子之心望于人，不亦难哉！"其实，拥兵自重时，韩信已被刘邦恨得咬牙切齿，只是刘邦一时奈何不得韩信，而韩信亦料想不到刘邦平定天下后会如何"秋后算账"。韩信"乘时以徼利"，"得"不足于补"失"，既是他自己的悲剧所在，更成为史家长叹之处！

柏杨先生对刘邦与韩信的关系也有一套"说法"：

——"司马光先生和司马迁先生对韩信的评估，比较平实。只是惋惜韩信先生不懂得封建政治的运转轨道，以致丧生。韩信先生是英雄不是枭雄，是军事家不是政治家。他天性忠厚，信任刘邦的友情，却不知道专制政治的头目，只了解权势利害，很少了解友情。"

——"盖悲剧就发生在韩信先生早期并没有谋反之心，如果有的话就好了，刘邦先生不堪一击。被削成侯爵，国小而又没有兵权，却企图谋反，正是逼出来的，没有此一逼，焉有此一反。"

——"韩信先生之死，是一场冤狱"。"仅凭着随从（舍人）弟弟的片面之词，没有调查，不容分辩，便急吼吼暗下毒手。而所使用的又是灭口手段。表面上由吕雉女士主持，从'伪游云梦'那件事推断，恐怕酝酿已久，否则吕雉女士屠杀像韩信先生这样的重臣，不敢遽作决定。"

——"刘邦先生对韩信先生一直有一种自卑的恐惧，韩信先生不死，刘邦先生睡不能安……一个伟大的英雄惨遭屠灭三族，当巨变发生时，老幼妇孺，从豪华盖世的侯爵官邸，霎时间被他们效忠的政府乱刀齐下，无有遗留，哭声号声，两千年后，仍然盈耳，而当时却没有人敢为他诉冤。"

今天这样评论刘邦，是不是恰当，亦可再商榷。但今人看韩信，离古代人更远一些，比之司马迁和司马光，则又会有新的视角，因为已经事过境迁，要"超脱"得多了。

韩信的"信"，表现在"早期"：第一，他跟从刘邦之后，打仗信心十足，他相信刘邦必定会夺取天下；第二，他在"策反者"的面前，对刘邦不会做"绝情"之事满怀信心；第三，他自信自己功劳很大，不至于处境太坏，更想不到会被杀头。然而，韩信随着"齐王"变"楚王"，随着"楚王"变"淮阴侯"，再随着兵权被夺，逐渐开始"不信"起来，宋代洪迈在《容斋随笔》中以《汉祖三诈》为题，讲了刘邦对韩信三次施用欺诈手腕的事，并言"信之终于谋逆，盖有以启之矣！"对韩信来说，这既是一种非常痛苦的自我否定，也是一种不安的重新定位，而这时候，刘邦已非昨日之刘邦，韩信也非昨日之韩信。刘邦已处"主动"地位，韩信已落"被动"处境。韩信唯一的选择，是更谨慎，更要会忍耐，更显谦虚，更要忘掉

"从前"自己的功劳和威风。显然，韩信无法完全做到这些，而刘邦也没有给韩信足够的时间这样做。韩信已经有了这种预感：不论怎样，刘邦都会除掉自己，以免去后患。

韩信还是走出了加速自己灭亡的一步。这为后人留下了一道困惑不解的难题：在刘邦和韩信之间，有没有可以避免如此结局的第二条路？换句话说，韩信能不能有善始善终的一生？

读韩信，读懂的地方有，读不懂的地方也有很多。中国历史上，没有韩信这个人，楚汉之争的结果很可能是另一个样子，汉统一天下的步伐可能要再慢一些；而有了韩信，后人在读史时又多了许多遗憾和惋惜。韩信，是本耐读的书。

周亚夫:
饿死谁手?

周亚夫这个名字,与其父周勃比起来,知名度要小一些。周勃是汉朝开国功臣,居丞相位,显赫一时。《史记》和《汉书》中对绛侯周勃的一生都作了详细的记述。但是,作为周勃的一个能干的儿子,周亚夫也着实在历史上留下了浓墨重彩的一笔。周亚夫的形象凸显出来,成了一个醒目的"亮点",原因有三:一是周亚夫治军严明,连皇上到军营都"不放在眼里";二是周亚夫击败吴楚叛军,为汉朝立下了汗马功劳;三是周亚夫因福得祸,含冤饿死,后人多鸣不平。

先说其一。据《汉书》载，汉文帝刘恒改元后的第六年，匈奴大举进犯汉朝边境。汉文帝派了三个将军"应急"，以防不测：一个是宗正刘礼，驻军灞上（今陕西省西安市东）；一个是祝兹侯徐厉，驻军棘门（今陕西省咸阳市东北）；一个是周亚夫，驻军细柳（今陕西省咸阳市西南渭河北岸）。汉文帝对这三支部队都非常重视，亲自到军营一一慰问。在到达灞上和棘门军营的时候，皇上和随从浩浩荡荡，可以驱马进营，自将军以下的人都骑马迎送。第三站是细柳。这里情况可大不一样了，军官和士兵个个仪表严整，披戴盔甲，手持刀枪，张满弓弩，充满了战争的紧张气氛。汉文帝的先头部队到了，可看守营门的军士不让进入。汉文帝的先行官说："天子且至！"守营门的军士回答："军中闻将军之令，不闻天子之诏。"这话说得掷地有声，一点儿余地都没有。过了一会儿，汉文帝"驾到"，同样不能进入。于是汉文帝派使者拿着皇帝的凭证召见周亚夫，周亚夫才下令打开营门。门进是可以进了，但守卫营门的军官对皇帝的随从说："将军约，军中不得驱驰。"于是汉文帝控勒着马缰绳徐徐前行。到了军营，周亚夫来了个"持兵揖"，就是拿着兵器向皇上行礼，他对汉文帝说："介

95

胄之士不拜，请以军礼见！"汉文帝大受感动，马上改易容貌，以十分敬佩的眼光，手扶车前的横木向将士们致意。汉文帝还派人传言："皇帝敬劳将军。"在汉文帝离开周亚夫的军营后，随从群臣都很吃惊，以为这回周亚夫有大祸了。可汉文帝说："此真将军矣！乡者灞上、棘门如儿戏耳，其将固可袭而虏也。至于亚夫，可得而犯邪！"汉文帝夸奖周亚夫的话，说了相当长一段时间。在这次军务完成后，汉文帝任命周亚夫为中尉。

再说其二。《汉书》记载，在汉文帝临终时，他嘱咐太子刘启（后来的汉景帝）："即有缓急，周亚夫真可任将兵。"刘启继位不久，吴、楚起兵作乱，朝廷提拔周亚夫为太尉，率军队平叛。周亚夫用了三个月平定了吴、楚之地。但在这个过程中，他还是做了一件令人吃惊的事：在吴军进攻梁国时，周亚夫不肯发兵救梁。梁国上书汉景帝，反映太尉不救梁国。汉景帝派使者昭令周亚夫救梁，但周亚夫不加理睬，仍坚守壁垒，不出兵救梁。结果，当然是太尉胜算，吴王刘濞掉了脑袋。周亚夫用的战术是用轻兵断吴、楚军粮道，使其不能持久作战。而汉景帝看不到这一点。尽管周亚夫"犯上"，但他为捍卫刘汉一朝立下了盖世功勋，汉景帝当时也不好再说什么。

最后说其三。周勃死后，其侯位由其长子周胜袭受。但后来周胜犯了国法被杀掉了。汉文帝就提出要在周勃的其他儿子中选个贤者为侯，众人首推周亚夫，于是，周亚夫袭侯位，封为条侯。《史记》上还记载了这么一个故事：在周亚夫还没有封侯之前，有一个叫许负的人给周亚夫看面相。许负对周亚夫说："君后三岁而侯。侯八岁，为将相，持国秉，贵重矣，于人臣无二。后九年而饿死。"周亚夫听了哈哈大笑，没有相信。这个预言，不幸言中，结局是：在周亚夫封侯，当上太尉，光宗耀祖之后，因周亚夫的儿子从工匠那里买来了五百件皇家殉葬用的铠甲，周亚夫被下狱治罪。在狱中，他一连五天不吃东西，最后吐血而死。

那么，人们要问：周亚夫死在了谁的手里？汉景帝刘启。周亚夫被治罪的名义是私购铠甲，密谋造反，但这是一个借口。实际上，周亚夫被治罪另有他因。分析起来，原因有好几个。原因之一，汉景帝欲废太子刘粟，周亚夫公开反对，汉景帝根本听不进周亚夫的意见，刘粟还是被废掉，周亚夫失去信任；第二，周亚夫在平定吴、楚之乱时，得罪了梁国的梁孝王，而梁孝王是汉景帝的红人。这个梁孝王不断在汉景帝面前说周亚夫的坏话；第三，周亚夫坚持汉高祖刘邦定下的规矩，反对封外姓人为王，得罪了窦太后和汉景帝；第四，一次汉景帝赏赐周亚夫食物，因没有把肉切成块，没有摆设筷子，周亚夫流露出了不满的情绪，而这不满的情绪又被汉景帝知道了。

看看这几条原因，再联想到周亚夫对汉文帝、汉景帝"视察军营"、"下令救梁"这两件事情的处理，就不难得出结论：周亚夫的被治罪只是早晚而已。那个算命的许负先生是"瞎蒙"着了一回，他的预言可说是充分"应验"了。但是，如果没有心胸狭窄的汉景帝帮忙，许负先生可能会大大失算。不幸的是，在封建帝制下，功臣的结局大都不好，夹着尾巴做人的尚不一定能全身而退，何况这位有时候不懂得讨好皇帝的周亚夫？

周亚夫这个人，对刘汉一朝是"太忠"。这种"忠"已经有点过了头，已经过了皇帝本人能够容忍的限度。周亚夫的父亲周勃，也是在刀光剑影和腥风血雨中走过来的，但是周勃对封建社会里"伴君如伴虎"理解得很透。在汉文帝即位后，周勃被任命为右丞相，赐金五千斤，食邑一万户。过了一个多月，有人便劝周勃："君既诛诸吕，立代王，威震天下，而君受厚赏、处尊位以厌之，则祸及身矣！"周勃听了，极为害怕，自感身处危境，于是提出辞职，请求交还丞相大印。皇上马上答应了周勃的请求。虽然周勃在丞相陈平死后又任过丞相，但不久还是告别了相国的职务，回到了自己的封地。尽管如此小心谨慎，周勃还是天天害怕被害，他还是曾被以"反叛"名义抓进监狱，差点没了身家性命。这还是在比较开明的汉文帝时代。周亚夫比起父亲周勃，少了些什么？少了些"危机感"。他对封建社会政治生活中"高鸟尽，良弓藏"这样的"潜规则"，并没有深刻的认识和理解。"藏"字语义为何？

　　西汉名将李陵在《答苏武书》中曾写道："贾谊、亚夫之徒，皆信命世之才，抱将相之具，而受小人之馋，并受祸败之辱，卒使怀才受谤，能不得展。"李陵谈周亚夫，不同于常人。周亚夫是名将周勃之后，李陵是名将李广之后。在对刘汉一朝的贡献上，两个人都是显赫的。然而，两个人都成了悲剧人物。李陵对周亚夫的同情，是发自内心的。

　　中国两千多年的封建社会里，无数有才有为有功的将相，吃亏往往在谗言和谤议上。周亚夫不过是其中的一位。

晁错：

有何之"错"？

在中国封建社会里，"名士"遭遇悲惨的，不从晁错起，也不止于晁错。然而，晁错却是自己在不明不白中被"骗杀"的一个"名士"，骗他的人，就是曾经十分信任他而他想都没有想到的汉景帝。汉景帝骗了晁错之后，虽然也很后悔，但这种后悔，晁错是不知道了，也只不过是悲剧落幕时的一声锣响而已。

晁错这个人，不仅有学问，而且是顶聪明的，《汉书·晁错传》不惜篇幅录下了晁错的几次"进言"，就充分说明这一点。这位攻读《尚书》并做到了融会贯通的

"名士"，因建言而受重用，又因建言而遭杀身之祸。

晁错的入仕之途，始于建言。在汉文帝时，他曾就如何培养、教育皇太子提出建议，得到文帝的赏识。他说："人主所以尊显功名扬于万世之后者，以知术数也。故人主知所以临制臣下而治其众，则群臣畏服矣；知所以听言受事，则不欺蔽矣；知所以安利万民，则海内必从矣；知所以忠孝事上，则臣子之行备矣：此四者，臣窃为皇太子急之。人臣之议或曰皇太子亡以知事为也，臣之愚，诚以为不然。窃观上世之君，不能奉其宗庙而劫杀于其臣者，皆不知术数者也。皇太子所读书多矣，而未深知术数者，不问书说也。大多诵而不知其说，所谓劳苦而不为功。臣窃观皇太子材智高奇，驱射技艺过人绝远，然于术数未有所守者，以陛下为心也。窃愿陛下幸择圣人之术可用今世者，以赐皇太子，因时使太子陈明于前。唯陛下裁察。"

汉文帝听了这番话，深以为然，拜他作太子的家令，这也为他接近未来的皇位继承人提供了机会和条件。

晁错向汉文帝提的建议，概括起来，包括三个方面：一是如何巩固边防；二是如何削弱王侯势力，巩固中央政权；三是安天下之策及治国要领。这些建议大部分被汉文帝采纳了。汉文帝欣赏晁错,说明了汉文帝的开明,也说明了晁错能够站在皇帝角度考虑问题,与皇帝的想法合了拍。

一个文人,大谈边关防卫,硬是说出了一些道道:"臣又闻用兵,临战合刃之急者三：一曰得地形,二曰卒服习,三曰器用利。兵法曰：丈五之沟,渐车之水,山林积石,经川丘阜,草木所在,此步兵之地也,车骑二不当一。土山丘陵,曼衍相属,平原广野,此车骑之地,步兵十不当一。平陵相远,川谷居间,仰高临下,此弓弩之地也,短兵百不当一。两陈相近,平地浅草,可前可后,此长戟之地也,剑楯三不当一。萑苇竹萧,草木蒙茏,枝叶茂接,此矛铤之地也,长戟二不当一。曲道相伏,险厄相薄,此剑楯之地也,弓弩三不当一。士不选练,卒不服习,起居不精,动静不集,趋利弗及,避难不毕,前击后解,与金鼓之指相失,此不习勒卒之过也,百不当十。兵不完利,与空手同,甲不坚密,与袒裼同；弩不可以及远,与短兵同；射不能中,与亡矢同；中不能入,与亡镞同；此将不省兵之祸也,五不当一。故兵法曰：器械不利,以其卒予敌也；卒不可用,以其将予敌也；将不知兵,以其主予敌也；君不择将,以其国予敌也。四者，兵之至要也。"

汉文帝听了非常高兴，夸赞他说："你上书所言军事三要点，我已经亲自看过了。"古书上说的"狂夫之言，而明主择焉"，用在这里则不正确。进言的人不狂，抉择的人不明，国家的大患正在于此。以不明之主在不狂之言中抉择，即使上万条进言全都采纳，但没有一条妥当，又有什么用！

关于如何削弱王侯过大的权力，晁错更是大胆直言。汉文帝对此表现犹豫，没有采纳。这个话题，一直延续到汉景帝。

苏轼的《晁错论》，虽然也有对晁错的一些偏见，但对晁错的削藩之见，还是给予了充分肯定。苏轼写道："天下之患，最不可为者，名为治平无事，而其实有不测之忧。坐观其变，而不为之所，则恐至于不可救。起而强为之，则天下狃于治平之安，而不吾信。惟仁人、君子、豪杰之士，为能出身为天下犯大难，以求成大功。"

对汉朝"天下之患"，晁错看清了，也说出来了。关于安天下之策及治国要领，晁错举了"五帝"、"三王"、"五霸"、"秦朝"的例子，一一说明自己的观点，他总结说："臣闻五帝其臣莫能及，则自亲之；三王臣主俱贤，则

共忧之；五伯不及其臣，则任使之。此所以神明不遗，而
贤圣不废也，故各当其世而立功德焉。传曰：'往者不可
及，来者犹可待，能明其世者谓之天子'，此之谓也。窃
闻战不胜者易其地，民贫穷者变其业。今以陛下神明德
厚，资财不下五帝，临制天下，至今十有六年，民不益富，
盗贼不衰，边境未安，其所以然，意者陛下未之躬亲，而
待群臣也。今执事之臣皆天下之选已，然莫能望陛下清
光，譬之犹五帝之佐也。陛下不自躬亲，而待不望清光之
臣，臣窃恐神明之遗也。日损一日，岁亡一岁，日月益暮，
盛德不及究于天下，以传万世，愚臣不自度量，窃为陛下
惜之。昧死上狂惑草茅之愚，臣言惟陛下财择。"

晁错的忠诚之心，从这番话里可以清楚表明。汉
文帝听了不但不生气，还提拔重用了晁错。

晁错的败局，缘于"内忧外患"。何为"内忧"？晁
错受宠信后遭同僚不满，加上自己不够注意协调左右关
系，在朝廷内树了敌。何为"外患"？诸多王侯知道了
晁错是"削藩"主谋，知道晁错看穿了他们的未来野心，
暗中已恨得咬牙切齿。

这个"外患"，也是汉景帝帮着树起来的。晁错升
为御史大夫后，上书历数诸侯王之罪过，奏请按罪削夺

其边地。汉景帝竟将此奏章发给公卿、列侯、宗室议论。这是汉景帝走的一步"错棋"，暴露了晁错的目标，从而也害了晁错。晁错更定的律令三十章一颁布，引起诸侯一片反对声。

《汉书》对晁错被"骗杀"前后的情形作了细致描写：

错父闻之，从颍川来，谓错曰："上初即位，公为政用事，侵削诸侯，疏人骨肉，口让多怨，公何为也？"错曰："固也。不如此，天子不尊，宗庙不安。"父曰："刘氏安矣，而晁氏危，吾去公归矣！"遂饮药死，曰："吾不忍见祸逮身。"

后十余日，吴、楚七国俱反，以诛错为名。上与错议出军事，错欲令上自将兵，而身居守。会窦婴言爰盎，诏召入见，上方与错调兵食。上问盎曰："君尝为吴相，知吴臣田禄伯为人乎？今吴、楚反，于公意何如？"对曰："不足忧也，今破矣。"上曰："吴王即山铸钱，煮海为盐，诱天下豪桀，白头举事，此其计不百全，岂发乎？何以言其无能为也？"盎对曰："吴铜、盐之利则有之，安得豪桀而诱之！诚令吴得豪桀，亦且辅而为谊，不反矣。吴所诱，皆亡赖子弟，亡命铸钱奸人，故相诱以乱。"错曰："盎策之善。"上问曰："计安出？"盎对曰："愿屏左右。"上屏人，独错在。盎曰："臣所言，人臣不得知。"乃屏错。错趋避东箱，甚恨。上卒问盎，对曰："吴、楚相遗书，言高皇帝王子弟各有分地，今贼臣晁错擅適诸侯，削夺之地，以故反名为西共诛错，复故地而罢。方今计，独有斩错，发使赦吴、楚七国，复其故地，则兵可毋血刃而俱罢。"于是上默然良久，曰："顾诚何如，吾不爱一人谢天下。"盎曰："愚计出此，唯上孰计之。"乃拜盎为泰常，密装治行。

后十余日，丞相青翟、中尉嘉、廷尉欧劾奏错曰："吴王反逆亡道，欲危宗庙，天下所当共诛。今御史大夫错议曰：'兵数百万，独属群臣，不可信，陛下不如自出临兵，使错居守。徐、僮之旁吴所未下者可以予吴。'错不称陛下德信，欲疏群臣百姓，又欲以城邑予吴，亡臣子礼，大逆无道。错当要斩，父母妻子同产无少长皆弃市。臣请论如法。"制曰："可。"错殊不知。乃使中尉召错，给载行市。错衣朝衣，斩东市。

106

这个"过程"，讲了晁错父亲的"预感"，讲了"骗杀"诡计出笼的"内幕"，也记录了"错殊不知"、"错衣朝衣"情况下"斩东市"的悲惨结局。

"病从口入，祸从口出"，对晁错而言，他的错就在于太相信汉景帝，太忠于汉景帝。在封建社会里，作为皇上，"失言"会"失臣"，作为人臣，"失言"会"失身"。晁错的"失言"，铸就了"失身"。令人气愤的，是汉景帝的糊涂。晁错为了刘汉一朝而建议削弱诸王侯过大的权力，加强中央集权，作为皇帝，怎么可以将晁错写给自己的这种奏章交给包括诸王侯在内的人去阅读呢？诸王侯叛乱，"清君侧"，只是借口，夺取皇帝位置是目的，汉景帝怎么就看不穿、看不明白这一点呢？我们只能说，汉景帝或许了解晁错，而晁错不了解汉景帝。

晁错被骗到大街上"腰斩"，死得糊涂。晁错的糊涂，比起汉景帝的糊涂，性质上是完全不同的。

晁错"为人峭直刻深"，这一点是他的突出个性，他的父亲从老家颍川来劝说他，他听不进去，不是他不虚心，是他已不可能改变自己的性格，甚至已无法改变自己的命运。在他的面前，明明白白的死，与糊里糊涂

107

的死，结局都是一样的。

汉景帝在晁错死后还是明白了。一个叫邓公的将军对汉景帝说："晁错看到了诸王侯日益强大而缺少制约，为了保护朝廷的稳固，他才建议削弱王侯的权力，这是万世之利的大计。但这个计划才刚刚实施，就遭此大祸。这实在是内堵忠臣之口，外为诸侯报仇，臣下认为这是陛下不该做的事情。"邓公的话，说到了汉景帝的痛处，汉景帝喟然长叹，承认他自己也后悔此事。

晁错之死，使汉景帝醒悟了多少，尚难评说，但让许多"名士"醒悟了这一点却是肯定的。明代思想家李贽说："为尽忠被谗而死，如楚之伍子胥，汉之晁错是矣。"忠心耿耿为皇上进言，吃了大亏。因"忠"而得祸，带着满脑子的"忠君思想"，晁错真是"错"了。在两千多年的封建社会里，从考场到官场的人，从各类经书里学到的东西中，"君臣父子"这种概念很明确，"不忠"就是罪过，至于达到了"忠"的标准是不是就一定有好的结果，这就没有"硬规定"了。由于没有"硬规定"，生死荣辱便完全掌握在封建君王的手里，碰上明白些的君王，可能会幸运些；碰上昏庸的君王，可能就要倒霉。这方面的事例实在是太多了。晁错只是其中的一位受害者。当然，他受害不浅。

晁错的过错，大概就在这里。至于晁错的功，则是非常大的。他在《论贵粟疏》中提出的"欲民务农，在于贵粟；贵粟之道，在于使民以粟为赏罚"、"顺于民心，所补者三：一曰主足用，二曰民赋少，三曰劝农功"等观点，对推动当时农业生产发展，起了积极作用。他提出的边防对策和治国安邦之计，尤其是防止王侯权力过大的抑强削藩之策，被历史证明是正确的。从这一点讲，晁错虽身亡而名未败。

王莽：
"复古"的背后

　　王莽这个人物，在不少人心目中，似乎早有定论了：西汉末年的一个乱臣贼子。班固曾有评论说："自书传所载乱臣贼子，考其祸败，未有如莽之甚者也！"这句话，有三层意思：其一，王莽定性是"乱臣贼子"；其二，王莽祸国殃民前无古人；其三，王莽败得甚惨，超过了以前的同类。

　　史学家如此评价，老百姓也一直没说过王莽多少好话。在中国，孩子们从小背诵的《三字经》中，"王莽篡"这三个字就在其中，背来背去，王莽的臭名越来越大。

"篡"这个字，与"偷"、"抢"相比，似乎更让人恨，骂的是用阴谋诡计和不正当手段夺得了人臣不该得到的东西。

史学家中褒扬王莽这个人物的，说王莽好话的，是不多的，总体上说还是少数派。

在读史时，我们应注意几位现代史学家对王莽的评价。这些评价，跨越了一些樊篱，显得冷静、客观、平实了。黄仁宇先生在《中国大历史》中说："王莽是中国历史中最离奇的角色之一。他一方面被斥为篡位者、伪君子和操纵言论的好手，可是另一方面也被恭维为理想主义者，甚至是一个带革命性的人物。环境上显示他可能有些性格接近上述评断，可是没有一个简单的称号足以将他一生行止归纳无余。好在我们以长时间、远视界的立场研究历史，用不着将他详尽的传记搬出。"

钱穆先生也对王莽有一个不同一般的评价："王莽居摄及受禅后之政治，举其尤要者，如王田、废奴，用意在解决当时社会兼并，消弭贫富不均，为汉儒自贾、董以来之共同理想。其他如'六筦'、'五均'，有似武帝时之盐铁、酒榷、算缗、均输。实亦一种如近世所谓之'国家社会主义'，仍为裁抑兼并着想。""王莽又屡次改革货币，使民间经济根本发生动摇，极为扰民。然原其用意，仍为求达裁抑兼并、平均财富之目标而起。王莽政治失败，约有数端：一、失之太骤，无次第推行之计划。二、奉行不得其人，无如近世之政治集团来拥护其理想。三、多迂执不通情实处。""王莽的政治，完全是一种书生的政治。王莽失败后，变法禅贤的政治理论，从此消失，渐变为帝王万世一统的思想。政治只求保王室之安全，亦绝少注意到一般的平民生活。这不是王莽个人的失败，是中国史演进过程中的一个大失败。"

周谷城先生在《中国通史》里说："王莽既代汉自立，便想法解决当时极严重的社会问题。莽以贵族的外戚，而能顾到贫民的生计，其人阅历经验很多……他凭着这等阅历经验，要来解决危机；故其所施行，在当时实是崭新的而有革命意味的政策。""新政的种种，好象切中时弊。但实行能否生效，却是另一问题。莽的新政，大抵是完全失败了。其所以失败的原因非常简单，即豪民富贾，勾结县令；对于新政，阳奉阴违。其甚者乘机获利，假新政之名，行自肥之实。""这事，在莽看来，真不合算。挽救之法，只有罢新政……于是严重的危机只有待农民起来，自动的解决。"

翦伯赞先生主编的《中国史纲要》中也谈到过王莽："西汉王朝结束了，但西汉社会遗留下来的阶级矛盾仍然十分尖锐。王莽为了解决这个矛盾，陆续颁布法令，附会《周礼》，托古改制。""王莽改制所引起的混乱愈来愈大，达到不可收拾的地步。他为了挽回自己的威信，拯救自己的统治，一面玩弄符命的把戏，欺骗人民；一面虚张声势，发动对匈奴和东北、西南边境各族的不义战争。沉重的赋役征发，战争的骚扰，残酷的刑法，使农民完全丧失了生路……更始元年（公元 23 年），王莽的统治终于在农民的无情打击下彻底崩溃，王莽本人也成为西汉腐朽统治的替罪羊了。"

谈史家对王莽的看法，不能不说到另一个人，他就是对王莽大加赞赏的柏杨先生。

柏杨先生出版了《资治通鉴》现代语文版，在对王莽的个人评价上，颇有些突破。柏杨先生评论说："过去的篡夺，只是统治者搬家，而王莽的篡夺，却确确实实是改朝换代，还包括一种政治理想的实践。""以一个学者而建立一个庞大的帝国，中国历史上仅此一次（中国所有王朝的开创帝王，如果不是地痞流氓、恶棍

113

无赖，便是拥兵的将领）。他掌握权柄后，所从事的社会革命，司马光先生在《资治通鉴》中只记其害，不记其利；对有些惊人的重大措施，更是一笔抹杀。但我们可以归纳为八大项目：一、土地国有。二、耕地重新分配。三、冻结奴隶。四、强迫劳动。五、实行专卖。六、建立贷款制度。七、计划经济。八、征收所得税。""从这些剧烈的措施，可发现王莽先生所从事的是一场惊天动地的全面社会大革命。""王莽先生的失败，使人惋惜，如果他能成功，世界上将提前出现一个局面，使人类文化史重写。"

应该说，柏杨先生的评论是以正面为主的。这个评价似乎说得太高了些。

柏杨先生尖锐地批评了司马光先生，说他"只记其害，不记其利"。其实，不止是司马光先生，古代的一些大史学家，近现代的不少人，都是从"祸害"这个角度看王莽的，而从"利益"的角度考虑得很少。

1998 年，有一本长篇小说面世，书名《王莽》，作者傅鹤年为自己的书作了一个"开场白"，称："王莽这个人物，应该是中国古代历史上争议最多的人物之一。我之所以选择了他作为我的作品的主人公，其实也正是看中了这一点。""王莽的一生，是个悲剧。我写王莽也是一个悲剧——从付出的劳动看。""而实际上，悲剧人物的王莽，其一生又的确蕴涵着强烈的喜剧甚至是闹剧的成分。"

所有现代人为王莽"说话"，不能叫做"翻案"。相当多的时候，后人对前人，如果有争议，说明事实还不够明晰，至少在大众主流的心目中事实还没弄清楚。在这种情势下，给一点"褒"，添一点"贬"，说一点"长"，道一点"短"，达到彻底翻案的效果是不可能的。所以，吹散笼罩在历史人物四周的迷雾，还其历史的本来面目，比什么都更重要。而这件工作的主要区域，是大多数人，就是要让大众主流全面、客观地了解、认识、评价历史人物。对王莽，也如此。

我们还是来看看王莽其人的"简历"。王莽，字巨君，生于公元前45年。汉元帝皇后王政君的庶弟。西汉末年，外戚专权，王莽被封新都侯，后成为大司马。王莽辅政一年多，汉成帝病故。成帝的侄子刘欣继位为汉哀帝。朝政暂由丁、傅两家外戚把持，王莽只好回到封地。公元前2年，王莽返回长安。第二年汉哀帝死，王莽立即得以复职，重任大司马。王政君与王莽联手，选成帝8

岁的侄子刘衎为汉平帝,实权已握在王莽手中。公元5年,汉平帝夭折。王莽挑选汉宣帝玄孙、两岁的孺子婴即位,以周公自命,做了"摄皇帝"。公元8年,干脆自己做了皇帝,改国号为新。公元17年,爆发了全国性的农民大起义,刘姓皇族也举旗造反。公元23年,王莽被起义军杀死,新朝灭亡。王莽死时68岁。

王莽是靠裙带关系上来的,也是靠裙带关系实现改朝换代过程的。王政君这位活了84岁的"王家后台老板",对王莽一生的影响是至关重要的。对王莽这个人一步步走上王位的过程,研究起来并没有太大的价值,外戚酿成后患的,历史上绝不止王政君这一门。而值得好好琢磨的是王莽当政后的所作所为。

归纳起来看,王莽实际上主要做了三件事。第一件事,大改官名、地名。王莽复古,第一步先改自己的"官名",就是学周公,且以学周公为名夺了刘家的天下,去掉了"摄"字:"臣莽夙夜养育隆就孺子,令与周之成王比德,宣明太皇太后威德于万方,期于富而教之。孺子加元服,复子明辟,如周公故事。"上台后就开始大改官名、地名,凡能找到的古时候的称呼,几乎都找回来了。"莽策命群司各以其职,如典诰之文。""汉代诸侯或称王,

116

至于四夷亦如之，违于古典，缪于一统。其定诸侯王之号皆称公，及四夷僭号称王者皆更为侯。"官名、地名一改，王莽心中有一种有别于汉王朝的满足感，仿佛做了一件快事。

第二件事，就是无事生非，挑起与匈奴及各族的战事。这些战事，原本是可以避免的，即便新朝取代汉朝，匈奴等也可以接受，但王莽政权采取了故意激怒对方，继而引发战争的作法，劳民伤财，自毁了周边安定的环境格局。

第三件事，就是顾头不顾尾式地推行经济制度的变革。王莽新政，改了不少事情，最大的当属在经济制度上动的"大手术"。一、废除错刀币、契刀币以及五铢钱，另制小钱，直径六分，重量一铢，上面铸有"小钱值一"的文字，和以前"大钱五十"的货币为两类，同时通行。为防止民间私自铸造，下令禁止私人挟带铜类。二、把天下田改名为"王田"，奴婢为"私属"，都不准买卖。那些家庭男子人数不满8人，而占有田亩超过900亩的，就必须把多余的田地分给亲属、邻里和同乡亲友。原来无地户，重新分得土地。三、针对货物流通余缺不均状况，开办信贷之法，以"齐从庶，抑并兼"，分别在国都长安(今陕

117

西省西安市)、洛阳、邯郸、临淄、宛城、成都，设立"五均司市、钱府官"。"司市常以四时仲月定物上中下之贾，名为其市平。民卖五谷、布帛、丝棉之物不售者，均官考检厥实，用其本贾取之；物贵过平一钱，则以平贾卖与民；贱减平者，听民自相于市。又民有乏绝欲赊贷者，钱府予之；每月百钱收息三钱。"四、实行罚荒制度。凡有田地而不耕种，使其荒芜，是为"不殖"，须缴纳"三夫之税"；城市中住宅周围不种果木、蔬菜的，须缴纳"三夫之布"；游手好闲而无职业的人，须缴纳"布一匹"。如缴纳不起布匹的，就要为政府做工，由地方政府供给生活费用。五、凡是在山林、水泽开采金矿、银矿、铜矿、锡矿的工人，捕猎鸟、兽、鱼鳖的渔民猎人，以及从事畜牧业的牧民，养蚕、种桑、纺织、缝纫的妇女、工匠、医生、巫师、算卦、祭祀及其他技能的人等，还有摊贩、商人，全都各自申报营利所得的总额，由地方官府扣除他们的成本，在纯利润中征收十分之一作为贡税。如有拒绝申报或申报不实的，没收全部资产，处罚一年劳役。六、实行酒类政府专卖制度。

王莽做的事，如果说频繁复古改官名、改地名近乎荒唐，挑起与匈奴等周边民族战端属于酿祸，那么，

这经济制度的革新，则要做"七三开"了。这"七"，是
"褒"；这"三"，是"贬"。

先说"七三开"的"三"。王莽将一个延续了200余
年的西汉王朝端过来，由刘家天下变成王家天下，除了
改官名、改地名，场面上、门面上处处有别于前朝外，大
动过去的经济制度，也是必然选择。改旧的经济制度的
尝试，结果会有多种。一是兴利除弊；二是兴弊除利；三
是维持原利原弊。这兴利除弊，当然最好。而兴弊除利，
当然不可取。维持原利原弊，等于什么都没做。这三种
可能，在王莽新经济政策推行之后，效果怎样?实际上，
效果不佳。新经济政策推行中，被各级官吏打了折扣不
说，政策本身也不断退回来，导致威信下降。比如改革
币制，王莽的初衷是："宝货皆重则小用不给，皆轻则儌
载烦费；轻重大小各有差品，则用便而民乐。"他把"宝
币"分成6种：金币、银币、龟币、贝币、钱币、布币，其中
"金币"又分6种，"银币"又分2种，"龟币"分为4种，"贝
币"分为5种，"布币"再分10种，如此繁杂的"宝币"，使
商品交易处于极度混乱之中，货币功能几乎消亡。结果，
"莽知民愁，乃但行小钱直一与大钱五十，二品并行；
龟、贝、布属且寝"。再比如土地国有及禁止贩卖奴仆政

策，刚开始时大力推行，似有不可阻挡之势，到后来，由于遇到地主阶级的激烈反对，只好于公元12年又退了回去。王莽无可奈何地下诏说："诸食王田，皆得卖之，勿拘以法。犯私买卖庶人者，且一切勿治。"再比如禁携铜铁熔器，一开始谁触犯了都要严惩，而到公元13年，因人民携带铜铁银熔器的太多，法不责众，禁不胜禁，只好"除其法"，又退了回去。如此等等。

这样进了又退，如何取得成效？《资治通鉴》也给王莽下了定语："莽性躁扰，不能无为，每有所兴造，动欲慕古，不度时宜，制度又不定；史缘为奸，天下嗸嗸，陷刑者众。"此种光景，这种改制，失败也就没什么可奇怪的了。

但是，王莽推行的经济制度改革，"过"只有"三分"。何出此言？这是因为王莽在经济制度改革上，"私心"相对要小一些，"公心"相对要大一些。这一点，从他上台后对前朝的一段评语中可以看出："古者一夫一妇田百亩，什一而税，则国给民富而颂声作。秦坏圣制，废井田，是以兼并起，贪鄙生，强者规田以千数，弱者曾无立锥之居。又置奴婢之市，与牛马同阑，制于民臣，颛断其命，缪于'天地之性人为贵'之义。减轻田租，三十而税一，常有更赋，罢癃咸出；而豪民侵陵，分田劫假。厥名三十税一,实什税五也。故富者犬马余菽粟，骄而为邪；贫者不厌糟糠，穷而为奸；俱陷于辜，刑用不错。"在这段慷慨陈词中，王莽对地主阶层崛起后的土地兼并进行了猛烈抨击，也表达了对贫民百姓的同情。尽管他对秦以来封建制度的进步性的一面认识上存在偏差，尽管他所迷恋的"井田制"已无生还可能，但如果从抑富济贫、让大多数百姓安居乐业的角度看，王莽的出发点不该受到太多的责怪。另外，对刘汉王室，王莽并没有按封建君主的"惯例"办，并没有杀死逊帝孺子婴及宗亲诸刘。这是不是王莽的不寻常处呢？

再说"七三开"的"七"。这个"七"不是"实七"，而"虚七"。什么叫"实七"？就是当时能见到的成效；什么叫"虚七"？就是当时见不到的成效。王莽推行的经济制度改革，在打着"复古旗号"的背后，隐藏着相当程度的"超前性"。如运用金融手段调控货物余缺，用贷款方法扶持生产，依靠个人申报和官府查验方法收所得税，用经济手法惩罚撂荒者或不劳者，提出均田地防止过度土地兼并，实行酒类国家专卖等措施，不能算真正的"复古"，而是有一定突破的"制度创新"。这些新东西，王莽在位的15年间，到底见到了什么实效，史书中几乎没有记载，而史书中多处记载的是"民怨民愤"及"朝令夕改"。这个"七三开"的"七"，也只好算个"虚七"。

王莽这个人物，死后的骂名是够响够大的。客观地讲，王莽是个有大罪大过的人。王莽的罪过，在于将天下搅得古今不分，混乱异常，贪官污吏横行，百姓遭殃。这个过程中，他也杀了不少无辜的人，手中也沾满了人民的鲜血，他死于乱刀之下也是恶有恶报。然而，王莽又是一个被骂得过了分、过了头的有争议的人。有人说他虚伪奸诈，有人说他坦荡无私，有人说他是复古成痴，有人说他是理想主义者，有人说他是革新先知。说法还有不少。不论说长道短，不论谈功评过，王莽自己是不能站出来为自己辩白了，被史海淹没的能说明其长其短、其功其过的许多史证也大都难以找到了，怎么办？作为一个史学上的学术问题，人们将继续争议下去。应该提醒我们自己的是：对王莽，切勿急于下"定论"。

董卓：
"懂"与"不懂"

　　董卓，实在是瓦解东汉王朝的一大"功臣"。如果说世界上人分好人、不好不坏的人、坏人三种，董卓理所当然属于第三类，且算是顶顶尖的出了名的大坏人。然而，用一个"坏"字，又岂可概括董卓一生的作为？实际上，董卓也是个心底复杂的人物，他的出场，也有一个逐步显形的过程。在历史上，类似董卓的人，也都是一步步走到罪人的圈子里的。

　　我们来看看董卓的出身。据《后汉书》记载，董卓系陕西临洮人，"性粗猛有谋"，年轻的时候，善结交朋友，给人印象是重义气和豁达豪爽，对远道而来的朋友，可以杀掉正在耕田的牛来招待。东汉桓帝末年，朝廷从汉阳、陕西、安定、北地、上郡、西河等6个郡中选拔良家子弟充任负责皇帝宿卫侍从的羽林郎，董卓被选中。董卓年轻时练就了一身好功夫，能够备两只箭袋在纵马急驰中左右开弓。从军后，由于立了战功，由军司马，升为负责守卫京城皇宫诸殿的郎中，并得到了赏赐细绢九千匹。尔后，董卓时起时伏，被免过职，也被撤过职，但总的趋势是不断上升，从广武令，到中郎将，到前将军，还封了侯。

公元189年，对董卓而言，是至关重要的一年。这一年，汉灵帝刘宏病死，刘辩即位，称汉少帝，大将军何进与朝中宦官的矛盾也到了白热化的程度。这正是董卓登上重要政治舞台的契机，而董卓等待这个机会已经很久了。

还在汉灵帝生前，朝廷曾两次召董卓放弃兵权担任文官，都被董卓以种种理由拒绝。董卓手握重兵，驻扎河东，密切关注着京师的时局变化。实际上，朝中一直有人对董卓不放心，董卓自己心里也是明明白白的。

即使过了1800年后，我们还是能想象出董卓接到大将军何进密信那一刻兴奋、紧张的心情。何进请董卓统率所辖兵马开进京师，并给他一个"清君侧"的"说法"。

董卓一边迅速上路奔向京师，一边向皇帝打了一个"报告"："中常侍张让等，窃幸承宠，浊乱海内。臣闻扬汤止沸，莫若去薪；溃痈虽痛，胜于内食。昔赵鞅兴晋阳之甲以逐君侧之恶，今臣辄鸣钟鼓如雒阳，请收让等以清奸秽！"

时局变得太快了，快得出乎人的意料。还没等董卓赶到，张让等宦官已先下了手，杀掉了何进。何进手下的部将又猛烈攻击张让等。张让在这场变故中也跳河自杀。董卓趁乱在北邙山迎接回了少帝，并收编了"何家军"的残部，开始独揽京都兵权，同时也正式登上了把持朝政的政治舞台。

董卓的得逞，不是偶然的。不仅是何进和张让帮了忙，还在于董卓的心计。

董卓是个"胸有大志"的人。还在为官之初，当接到九千匹细绢赏赐的时候，董卓就把它全部分给了手下的官兵。这种做法，一方面说明董卓善于笼络人心，另一方面也说明了董卓没有看重眼前的这点小利，而是谋

125

划着长远的发展。由此看，董卓不是个蠢才。我们来看看董卓进入京师后的"三把火"：

——逼走何进的部将袁绍；

——免去了尚书卢植的职务，卢植逃走；

——胁迫太后策令废黜少帝，改立陈留王刘协；

——将何太后迁永安宫，不久用鸩酒毒死何太后；

——杀死何进母亲舞阳君，将尸体抛入御花园枳林。

董卓的行动，证实了一点：何进是个"政治瞎子"，真正是做了一件"引狼入室"的大蠢事。可惜，何进自己已无法后悔了。

赶走了竞争对手，杀了太后，换了皇帝，这几步棋走完之后，董卓开始培植自己在朝中的势力，同时一步步实现自己的富贵梦想。董卓刚开始给自己封了太尉，后又成为相国，且拥有"赞拜不名，入朝不趋，剑履上殿"的特权。此时董卓的心情，已经得意到了极点，他对宾客们说："我相，贵无上也！"

董卓的"胸有大志"，至此算是到了顶点，其个人素质上的缺陷、凶狠残暴的本性开始充分表现出来，并成为自己的掘墓人。董卓的致命缺陷，主要有四。一是残暴成性。上台后，他不停地诛杀朝中官员，制造了大量冤案，滥杀了许多无辜。二是用人多疑。许多经董卓提拔任用起来的官员，在董卓的多疑下人人自危，失去了安全感，最后众叛亲离。三是骄横跋扈。在权倾一时的情况下，董卓已听不进不同意见，谁说了逆耳的话，谁的脑袋就要落地。朝中大小官员全不在他的眼中。四是任人唯亲。大权在握的董卓，弟弟、哥哥及家族亲眷纷纷授官进爵，"董家天下"几乎要盖过"刘汉天下"。

时间不长，董卓实际上已经处于孤立状态，沸腾的民怨，铺就了自己的灭亡之路。其实，董卓早就给自己留了一条"后路"：在离长安二百多里的郿县，他大兴土木，修筑了一个私人城池，号称"万岁坞"，城墙垒得跟长安城一样高，把从洛阳等地搜刮来的财宝及粮食运入城中，其中粮食可用三十年。董卓对人吹牛说："事成，雄据天下；不成，守此足以毕老。"

董卓想到了后路，也留了后路，却没有料到他实际上用不上这条后路了。公元 192 年，司徒王允、尚书仆射士孙瑞及董卓部将吕布共同商定了诛杀董卓的计划。这个计划不仅实施了，而且获得了成功，董卓被杀，诛灭三族，"董家天下"瞬间瓦解。《资治通鉴》记载，董卓被杀死的消息传出，"吏士皆正立不动，大称万岁。百姓歌舞于道。长安中士女卖其珠玉衣装市酒肉相庆者，填满街肆。""暴卓尸于市。天时始热，卓素充肥，脂流于地。守尸吏为大炷，置卓脐中然（燃）之，光明达曙，如是积日。"不解气的人们还焚尸扬灰，足见董卓遭人怨恨的程度。人们从那"万岁坞"中查抄的东西，"金二三万斤，银八九万斤，锦绮缋縠，纨素奇玩，积如丘山。"

中国历史上一大奸雄化成了灰烬，董卓的富贵梦也就此完结。1800 多年来，人们一谈起董卓这个人，首先想到的是一个"坏"字，并没有人去多往这个"坏"字的背后看。其实，这个"坏"字的背后，还有不少底衬。

东汉王室的衰落，到董卓前后，已经十分明显。这种衰落，最大的特征，是皇帝逐渐成为"实力派"手中的"玩偶"，且"实力派"不停更替，"你方唱罢我登场"，耗损着东汉王朝的最后一丝元气，也耗损着天下的财力、物力、人力，兵灾人祸给百姓带来了无穷的苦难。在中国两千多年封建社会中，每当一个朝代进入尾声，大体上都会出现这种征候。这个过程中，往往都会有若干个靠兵马、权术起家的董卓式的"实力派"，一场混战后，或十几年，或几十年，甚至时间更长一些，最后又会在腥风血雨中诞生一个新的王朝。

董卓之前，挟汉王室以令天下者有张让、何进；在董卓之后，又有王允、李傕；再后，还有曹操。东汉王室今天在这个"实力派"手中，明天在那个"实力派"手中，受气且不说，惊吓也受了不少，有时连皇帝的生命安全都难有保证，这时的东汉王室，实际上已经名存实亡了。在东汉王室的名义下，搭了一个大的比武擂台，"实力派"人物一一登场，轮番表演，最终的成功者，便是替代东汉王室的"新帝王"了。

如此看来，董卓的"坏"，除了自身素质的决定，还有历史必然的一面。打个比方说，这时的汉室，已经弱成了一只羊，这只羊的四周都是狼，董卓只是其中冲在最前面的狼而已，在他的左右身后，其实还有许多的狼，同样是凶狠，同样是残忍，同样是要向羊扑去。

董卓这个人，算不上政治家，甚至也说不上军事家，虽然"胸有大志"，但却没有雄才大略，没有赢得人心的威望。不仅如此，还是个目空一切的"疯子"。董卓有没有一点"小才小略"？当然有。凡是能跳上舞台闹腾一阵子的人，都是有一些本事的人。与董卓等人相比，曹操"基本功"是最强的，东汉王室在他挟持下维持了许多年，这张"王牌"打到最后，公元 220 年，"汉帝告祠高庙，使行御史大夫张音持节奉玺绶绍册，禅位于魏。"汉帝便当上了"山阳公"，东汉王朝终于画上了句号。

若拿董卓与曹操比，这董卓只能算个劫财害命的"强盗"。而曹操，却称得上是"窃国之雄"。

董卓也有其"懂"，这就是懂得夺取权势，用权势压制反对者。但是，由于他不懂政治，从而也没有什么高明一点的权术，更谈不上治国安邦之道，所以，必然要走向穷途末路。曹操这个人就不同。论政治，论军事，甚至是论文化艺术，曹操都算是一个有功底的人。东汉王室在曹操手中控制那么久，虽然也招来了不少骂名，终也是实现了他"改天换地"的梦想。至于最后司马氏夺了曹魏的天下，那唱的又是另一出戏了，并不能说明曹操的无能。董卓将汉室"拿"在手里，对如何把汉室的"傀儡"当成谋私谋利谋权的"幌子"，当成整人打人害人的"棍子"，可谓极尽心计。在历史上，虽然类似这样的奸臣不止董卓一个，但董卓把这出戏是演足了。董卓自己不懂的，是古今中外社会的一个基本的道理：做恶多了的人没有好下场。有人会说，董卓不读书，对历史来去知道得太少，没有从前人那里吸取过什么经验教训。这个说法，是为董卓做的坏事找"外因"。董卓小的时候，的确没有读过多少书，实际上是个浪荡汉，"性粗猛"是其素质的特征。但是，董卓对如何"爬升"、如何"借势"、如何"弄权"不是没有一套，是"懂行"之人。要说他不懂的，就是不懂作恶的人"自毙"的规律。这是他的可悲之处。历史上留下坏名声的"坏人"，可以说各有各变坏的过程，各有各的坏法，也各有各的结局。总结起来，他们大都有一套蒙蔽、欺骗人的招数，至少是在一定时间里能让人看不清楚其真实面目。董卓也不例外。作为善良的人，应该读读古今中外的历史，要从一个个"坏人"那里，找出其共性的特征，以便大家能对这类人早一些识别，早一些防备，早一些整治，早一些清理。不能让这类人在那么长的时间里兴风作浪，在那么长的时间里为所欲为。

董卓这个奸贼，在留下骂名的同时，也从反面给人们上了深刻的一课。

诸葛亮：
事曹会如何？

从汉帝国崩溃，到隋王朝，中间 360 多年的混乱、分裂、征伐、割据过程中，"三国鼎立"是一段被文学家浓墨重彩渲染的岁月。在中国，在海外，三国的故事妇孺皆知，刘备、曹操、诸葛亮、关羽、张飞、孙权、周瑜、黄盖、赵云、鲁肃、陆逊、吕蒙、司马懿、吕布等人物在人们的心目中个个栩栩如生、活灵活现。

一段只有几十年的历史，在中国数千年的文明史上，留下这么深的烙印和影响，是十分罕见的。有人会说，这验证了"乱世出英豪"的论断。也有人会说，这是

"人杰史灵"使然。分析起来，"乱世出英豪"是"因"，"人杰史灵"是"果"。实际上，历史的长河每隔一段，都要有一处湍急的险处，游泳高手只有在此处方可显出水平和才智。面对同一险处，有人"造船"，有人"架桥"，有人"潜水"，各显神通，谁生谁死，谁快谁慢，结局很容易在此处表现出来。而在浅滩静水，人的"本领"往往不容易显示出来，好像皆为平凡之人。"大浪淘沙"这句话，含意是很深的。没有"大浪"的日子，怎识怎知"金"与"沙"？

三国鼎立时期，有一个很引人注目的"人杰"，他就是摇羽毛扇，能呼风唤雨、能掐会算的诸葛亮。是他，襄助刘备以今日的四川及邻近区域作地盘，以四周大山作屏障，建立了蜀国，成为能与曹魏、孙吴抗衡一时的强国。

在中国的戏台上，刘备向以正宗"汉室后裔"的身份出现，其刘汉王室的血统，"皇叔"的辈分，给人以"理所当然"的当胜不败的感觉。而诸葛亮的"鞠躬尽瘁、死而后已"，忠心耿耿匡扶汉室大业的精神感染力，更赢得了众人心。在人们看来，第一，刘蜀该胜，曹魏该败。第二，即使刘蜀败了，也是胜了。人们的同情心大都在刘蜀

133

这一边, 诸葛亮是"神机妙算"的"军师", 关羽、张飞、赵云等, 也均是"常胜将军"。

翻开《三国志》, 我们可以看到作者对曹操、刘备不同层面的高度评价。

对曹操, 陈寿评语为: "汉末, 天下大乱, 雄豪并起, 而袁绍虎视四州, 强盛莫敌。太祖运筹演谋, 鞭挞宇内, 擥申、商之法术, 该韩、白之奇策, 官方授材, 各因其器, 矫情任算, 不念旧恶, 终能总御皇机, 克成洪业者, 惟其明略最优也。抑可谓非常之人, 超世之杰矣。"

对刘备, 陈寿评语为: "先主之弘毅宽厚, 知人待士, 盖有高祖之风, 英雄之器焉。及其举国托孤于诸葛亮, 而心神无贰, 诚君臣之至公, 古今之盛轨也。机权干略, 不逮魏武, 是以基宇亦狭。然折而不挠, 终不为下者, 抑揆彼之量必不容己, 非唯竞利, 且以避害云尔。"

曹操的才干在刘备之上; 刘备与诸葛亮的精诚合作又让人敬佩万分。这就是陈寿评语中的关键。

陈寿对两个人物的评价公允与否, 史学界是有不同看法的。总的看法, 认为大体上是公平的、客观的。也有人认为陈寿为晋臣, 偏向魏方多一些。那么, 对曹操和刘备的评价, 是不是也有所偏向呢? 我看, 大体上是准确的。相比于《三国演义》贬曹扬刘，《三国志》自然要公平、客观得多。《三国志》毕竟是史书，《三国演义》毕竟是小说。宣传效果呢？少数行家看《三国志》，大众则读《三国演义》，于是，赞扬曹操的声音大大低于骂曹操的声音，颂扬刘备的声音大大高过"一分为二"看刘备的声音。

论影响，陈寿的《三国志》这部史学著作，远不如那部罗贯中的《三国演义》的文学著作。中国老百姓是从"演义"里"看史识人"，直至确立自己对历史人物的品评观点。

戏台上，"白脸奸臣"曹操还有一个简称，叫"曹贼"。他似乎是阴谋、奸诈、险恶、贪权、残忍的"集大成者"。刘备、孙权则是"正面人物"，刘备的左右手和孙权的部属也都有较好的"形象"。这种情感化了的艺术和艺术化了的情感，在观众心目中已根深蒂固，难以移变。若为了更冷静、更客观地看历史，我们就必须离开搭建在人们心目中的能赢来眼泪和掌声的戏台子，来从另一个角度认识诸葛亮与曹操、刘备及他们之间的"关系"。这里，不妨借助一种"假想"的方法。

东汉末年，天下大乱。困苦不堪的农民，发动了震撼朝野的武装起义。软弱、昏庸的皇帝已被宦官左右，无力指挥割据四方的豪强。历史又处于封建时代无可避免的"合久必分"的十字路口上。

这是一个痛苦多变的过程。所谓痛苦，是原统治体制的瓦解、权力的转移，会使一些既得利益团体、个人失去往日的权力、地位、利益，会有"得而复失"之苦楚。与此同时，人民大众在新旧交替中，也要经受兵变、战乱、妻离子散、颠沛流离之苦难。所谓多变，是说由合而分，是一个权力中心，转为多个权力中心，激烈的"逐鹿"争斗，使大地烟尘四起。"逐鹿"者众，"逐鹿"的方法、途径不同，"逐鹿"者的品行差异大，就使社会政治生活舞台扑朔迷离，瞬息万变。

曹操、刘备、孙权的出场时间正是处在痛苦、多变的历史十字路口上。汉失其"鹿"，群雄共逐之。谁能在纷争中尽早得之？这就有了"三国演义"。早期的群雄之中，曹操、刘备、孙权还算不上"大人物"。但是，由于他们能够在政治风云变幻、军事斗争尖锐复杂中审时度势，并且善于用人，周围聚起了一大批谋士、骁将，因而终于形成"三分天下"之局面。

曹操、刘备、孙权三人，若按品德、文韬、武略

136

三方面综合看，曹操是占优势的。假如足智多谋的诸葛亮选择曹操作为扶持对象，那情况会怎样呢？

很有可能的是，"三分天下"的局面不会出现。曹魏、刘蜀、孙吴之所以形成"僵持"局面，与一时间三方"势均力敌"的"实力"有关，比如曹魏有骑兵，刘蜀有天险，孙吴有水师；还与三方"互为牵制"的"关系"有关；更与三方均有各自得力的谋士、骁将有关。这中间，相当程度上对刘蜀、孙吴而言，是一种"唇亡齿寒"的关系。刘蜀亡后，孙吴于公元 280 年投降便是证明。而刘蜀若无诸葛亮，恐怕早亡了。

很有可能的事情并没有发生。其实，诸葛亮的思想智慧和曹操的宏韬大略，"加起来"的可能性不是没有。如果把两个人看人论事的观点加以比较，我们不难找到他们的许多共同点。这两个人骨子里，属于"志同道合"的东西还是很多的。就说用人之道，两个人的看法就十分相像。诸葛亮曾说："物有异类，形有同色。白石如玉，愚者宝之；鱼目似珠，愚者取之；狐貉似犬，愚者蓄之；栝蒌似瓜，愚者食之。""夫治国犹于治身，治身之道，务在养神，治国之道，务在举贤。国之有辅，如屋之有柱，柱不可细，辅不可弱，柱细则害，辅弱则倾。

夫柱以直木为坚，辅以直士为贤，直木出于幽林，直士出于众下。""麒麟易乘，驽骀难习，不视者盲，不听者聋。衣破者补，带短者续。弄刀者伤人，打跳者伤足。洗不必江河，要之却垢；马不必骐骥，要之疾足；贤不必圣人，要之智通。"这些关于用人的论述，可以说是点中了要处。曹操呢，用人上更是计"大处"多，记"小处"少。比如说官渡之战后，"公收绍书中，得许下及军中人书，皆焚之。"不仅如此，曹操还宽慰部下："当绍之强，孤犹不能自保，而况众人乎！"将部下在危难关头向敌人示好的书信当众烧掉，不加追究，这是一种什么样的胸怀？这不是为了团结更多的人成就大业吗？再比如，曹操曾在公元 210 年到公元 214 年，多次公布《求贤令》，明确提出："今天下未定,此特求贤之急时也。""惟才是举，吾得而用之。""今天下得无有被褐怀玉而钓于渭滨者乎？又得无盗嫂受金而未遇无知者乎？"这种求贤若渴的心情，话里话外表达得明明白白。这里说两个人在用人问题上有一些共同语言，并不是说两个人在用人理念、标准上的完全一致。实际上，曹操在用人上是"七三开"，他起用了一批人才，也放走了一批人才。更不该的，是曹操还误杀了一些人才，比如对荀彧，比如

138

对孔融，比如对华佗。

曹操是很欣赏诸葛亮的，有一个"民间"的说法，说曹操也曾托人邀请诸葛亮"出山"，只因中间一些环节未通才未果。而刘备则来了个"三顾茅庐"，极尽诚恳，终于感动了躬耕南阳的诸葛亮先生。诸葛亮曾在《前出师表》中道明了自己的仕途来历："臣本布衣，躬耕于南阳，苟全性命于乱世，不求闻达于诸侯。先帝不以臣卑鄙，猥自枉屈，三顾臣于草庐之中，咨臣以当世之事。由是感激，遂许先帝以驱驰。"当然，若曹操亲往再三，诸葛亮是否会应允，也还未必一定。有人会说，诸葛亮看不上曹操，因为在人心向背上，在宽厚待人上，在仁义谦让上曹操比不了刘备。实际上，诸葛亮对曹操的才能评价也很不低。在《后出师表》中，诸葛亮有"曹操智计殊绝于人，其用兵也，仿佛孙、吴"之语。刘备虽然有德有望，但身上也有一些虚伪的东西。曹操不是没有毛病，但曹操给人的感觉是更"透明"一些，包括他篡汉的企图也没有刻意掩藏。

从发展生产、体恤黎民的角度，结束战乱，平息战火，完成国家的统一是最为紧要的。结束战乱，救黎民于战乱和水深火热之中，应是英雄最高的追求。处在一个大动荡的年代里，真正的英雄是心系统一大业的人。诸葛亮深为黎民受战乱、分裂之苦而忧，他的《隆中对》中所献之计策，打的就是"统一天下"的旗帜。而这一点，是顺潮流、合民意的。曹魏、刘蜀、孙吴，也都有独统江山于己手的图谋和设想。曹操心里想的，也是这件事。不仅是想，他还更为心切一些。曹操曾有"白骨露于野，千里无鸡鸣，生民百遗一，念之断人肠"的诗句，表达了他内心对战乱的愤恨。然而，在他活着的年月里，他的梦想并没有变为现实。直到司马炎取代曹魏而建的晋朝，国家才实现了短暂的统一。

唐太宗李世民曾写了《祭魏太祖》一文，说曹操"以雄武之姿，当艰难之运，栋梁之任同乎曩时，匡正之功异于往代"。一代明君对一个"前辈"的赞扬，应该说是比较客观的。如果诸葛亮事曹，历史上的那一段会改写，两个人共同的"统一天下"的理想也许就会在自己的手上实现，国家可能统一得早一些。实际上，人世间的许多重大的转折、变化关头，"失之毫厘，差之千里"的情况是很不少的。"败"于"毫厘"，胜于"毫厘"，都是有例子的。因"毫厘"之差而顿足长叹者，历史上该有多少？

诸葛亮事曹的假想，说起来有些荒唐，听起来有些可笑。真正的史学家对这道题目是不会认同的，甚至是不屑一顾的。所以不会认同，道理也很简单，在历史的事实，这是一个清清楚楚的"无"字。然而，平心静气想一想，这种"无中生有"的假想是不是也不算不着边际，琢磨起来是否另有一番滋味？写此文，到落笔处，心里真有些沉甸甸的：历史其实是相当无情的，让有情的人来读相当无情的历史，"异想天开"是不是一种情感上的悲哀？不同时代的有志有识有为之士，无法在同一时空里同心携手一起做成利国利民的大事业不足为憾，同一时空的有志有识有为之士，不同心携手一起做利国利民的大事业，却分道扬镳、相互冲减，甚至厮杀得你死我活，不是人间的大不幸吗？

李林甫：
"媚顺"为谁？

　　唐朝的奸臣堆里，数得着的人物，李林甫算一个。《旧唐书》上称李林甫"性沉密，城府深阻，未尝以爱憎见于容色。"这番评价，道出了李林甫为奸之"深藏不露"。明代思想家李贽称李林甫为"阴贼"。李林甫居相位19年，恭顺地扑跪于唐玄宗脚下，可谓"顺心之臣"，皇上说东，李林甫向东；皇上说西，李林甫向西；皇上说黑，李林甫将白的也说成黑的；皇上说白，李林甫将黑的也说成白的。这样听皇上话的人，"好处"自然捞了不少，他的办事标准只有一个：只要皇上满意就行。

李林甫所以能够得逞、得宠、得益，与唐玄宗爱听顺耳之言有关，与封建体制的政治弊端有关，也与李林甫对以往"为奸之道"的继承、提炼、发挥有关。

说到发迹的过程，李林甫基本上走的是"旁门左道"，要么是亲戚帮助推荐，要么是后宫有人说话，他从千牛直长、太子中允、国子司业、刑部侍郎、吏部侍郎、黄门侍郎、礼部尚书、兵部尚书，"一路绿灯"往上升，最后位至宰相。

李林甫处理人际关系，分"对上"、"对左右"、"对下"三类。"对上"，他采取了"媚顺"；对"左右"，他采取了"挤轧"；"对下"，他采取的是"拉拢"。

揣摸皇上意图，"吃透上头"，李林甫做得十分到位。《旧唐书》载：李林甫"每有奏请，必先赂遗左右，伺察上旨，以固恩宠"。比如皇太子被诬陷一事。唐玄宗欲废太子另立，在征询群臣意见时，张九龄恳切劝谏，唐玄宗一脸的不高兴。李林甫采取了沉默的办法。退朝后对中人说：天子的家事，外人干预个啥。再比如唐玄宗在洛阳住久了想回长安，征求大家意见时，大臣裴耀卿等人建议：农民们秋事还未结束，待到冬天农闲时再回为好。李林甫明白皇上的心思，故意假装跛着脚走到最后，为的是抽个机会向皇上表明心迹。他对唐玄宗说："两个都城本来就是帝王的东西宫，车驾要到哪一处去，何须等待什么时机？即使有妨农事，赦免所过地方的租赋不就行了？"唐玄宗一听，十分高兴，立刻下令车驾西行。李林甫做的这两件事，不仅要讨唐玄宗的好，还"很讲方式方法"，那就是避开公众的议论，不在"明处"说公众不高兴听的话，也不在"明处"说皇上不高兴听的话，而把皇上爱听想听的话留在"暗处"说出来。这是什么样的"水平"？

"挤轧"同僚，排除异己，李林甫同样有自己的一套办法。张九龄文章写得好，人品上口碑亦佳，李林甫十分嫉恨，不仅私下里多次进谗陷害，还窥测机会将张九龄排挤掉。有一次，唐玄宗想赏朔方节度使牛仙客实封，张九龄认为很不妥当，他对李林甫说，封赏是为了奖励名臣的大功，边将要第一功的，不可匆忙决定，这事我要和你辩一辩。李林甫表示可以在皇上面前各抒己见。等到见了皇上，李林甫故技重演，又来了个"当面不语"。张九龄实实在在地讲述了自己的观点，当然，张九龄与皇上"唱了反调"。李林甫通过别人向皇上"过话"：皇上您要用人，有什么行与不行？李林甫这话皇上当然爱听。不久，张九龄因不合皇上心意而被罢了宰相之职，这下李林甫"更红"了。

"拉拢"下面的人，培植自己的势力，是李林甫的另一手段。首先，他"拉拢"皇帝身边的人，这些人在接受了李林甫的贿赂之后，经常向他通风报信,使李林甫及时捕捉皇上的喜怒哀乐信息,能够见机行事。其次，举荐一些帮凶，如王铁、吉温等，这些人沆瀣一气，干尽了坏事，残害了大批忠良。这些帮凶，也是要从与李林甫的"呼应"中得好处的，要么是钱财，要么是官位，没有好处，这类人也凑不到一起。他们与李林甫有着一定的"利益共同区"，在这种"利益共同区"里，他们与李林甫"合作"、"分赃"，可谓狼狈为奸。

李林甫如此"对上"、"对左右"、"对下"，为了什么？第一，为了自己身居高位，把持朝政，受到专宠；第二，为了谋取富贵，满足私欲。总之，是为了私心私利。李林甫如愿以偿：获得了皇上的专宠，长时间高居相位；获取了大量赏赐，宅第好、田园肥腴；吃的是山珍海味，乘的是豪华车马，穿的是绫罗绸缎；侍姬满宅，卫兵前呼后拥。真可谓"一人之下，万人之上"，气指颐使，横行一时。看到李家如此"红火"，如此"张扬"，如此"排场"，李林甫儿子李岫产生了一种忧虑，他劝告父亲要注意留后路，李林甫满不在乎地说：事态已经走到了这一步，我又有什么办法？这种好像预感到了什么可又不能自拔的心态，实在是一种末日前的预兆。"悬崖勒马"，对有的人来说可能能够做到，但对像李林甫这样的坏到了一定程度的人来说，"刹车装置"已经失灵了。

李林甫害了多少人？有一个统计，遭他排斥、陷害的著名大臣，有史可查的，就有十四五名，受牵连而致罪的更多。《旧唐书》载："林甫面柔而狡计，能伺候人主意"。这是李林甫的"过人之处"。司马光在《资治通鉴》中给李林甫这样一个评价："林甫媚事左右，迎合上意，以固其宠；杜绝言路，掩蔽聪明，以成其奸；妒贤嫉能，排抑胜己，以保其位；屡起大狱，诛逐贵臣，以张其势。自皇太子以下，畏之侧足。凡在相位十九年，养成天下之乱。"

唐朝由盛到衰，转折点在唐玄宗时期。"安史之乱"，使唐朝受到了一次致命的打击。从此，唐王朝便开始走了下坡路。这次大乱，李林甫是第几"责任人"？按时间说，李林甫是天宝十一年(公元752年)死的，接任他的是杨国忠。耐人寻味的是，《旧唐书》既讲了李林甫与杨国忠之间的不快，也留下了这么一笔："国忠自蜀还，拜于床下，林甫垂涕托以后事。""安史之乱"发生在天宝十四年。好像李林甫没有沾上"直接责任人"的过儿。但是，李林甫害人误国那么久，其"后果"岂止三四年能消散？李林甫死前向杨国忠托的是什么"后事"？唐朝朝政腐败在李林甫到杨国忠之间，只是"接力棒"的传递，是奸臣和奸臣之间的替换，是奸臣和奸臣之间的交接。所以，可以肯定地说，李林甫不仅是奸邪之臣，更是乱臣贼子。李林甫对唐王朝的最终崩溃，负有不可推卸的责任。从这样的角度来认识李林甫，才能更深刻、更直截了当。

冯道：

"不倒翁"的后评

五代时期，中国处于分裂动荡的状态。然而，在这中间，有过一个特殊人物：冯道。他的"特别"之处，是连续做了五个朝代、十来个皇帝的宰相，成了名副其实的"不倒翁"。

冯道如此"成功"，秘诀是什么？他自己有一番"自述"，别人亦有一针见血的"洞察"之见。

在中国封建时代，论君的标准往往在"贤明"与"昏庸"之分；论臣的标准则有"忠良"与"奸邪"之别。无论是君，还是臣，还有个"在位"时间长短问题，这又与生卒年岁有关。作为皇帝，"在位"短则数十日，长则数十载。为臣的开始大都是喜剧，但结局则各有不同，且不能"善终"的人为数不少。

冯道是少数所谓的"幸运者"之一。说起他的出身，并不是官宦之门。作为瀛州景城人（今河北省交河东北），冯道的祖先没有固定职业，有时种田，有时读书，实际上是贫寒之家。冯道从小爱读书，文章也写得不错。在大雪拥门的冬日，在尘垢满席的陋室，冯道依旧潜心读书，其乐融融。《旧五代史》说他"不耻恶衣食"，《新五代史》上称"道为人能自刻苦为俭约"，说的是他生性喜欢粗衣薄食，不爱奢华。孝敬双亲的品德，使他也有很好的口碑。他在为父守丧期间，因为遇到饥荒，将家中粮财全部救济了乡里，而自己呢，"退耕于野，躬自负薪"。不仅如此，"有荒其田不耕者，与力不能耕者，道夜往，潜为之耕"。

冯道在仕途上开始平步青云，是后唐庄宗时期。尔后，又受命于后唐明宗、闵宗、清泰帝，后晋的高祖、出帝，契丹灭晋后又事奉于契丹主，后再受命于后汉的高祖、隐帝，至后周太祖、世宗，居相位二十多年，在历次"改朝换代"中，做到了"稳坐钓鱼船"，实在是破了"一朝天子一朝臣"的"惯例"。

生于乱世，而"处变不惊"，"以不变应万变"，冯道其"道"可谓深不可测。很自然，冯道也落下了"见风使舵"、"八面玲珑"、"不知廉耻"、"贪图官位"、"背叛主子"的骂名。骂他的人中，还有一些大名人，如欧阳修、司马光等。

冯道为官，也不是昏庸无为，《旧五代史》对冯道的所作所为，从正面记述就多一些，其中有后唐明宗时冯道为政的一段故事：

天成、长兴中，天下屡稔，朝廷无事。明宗每御廷英，留道访以外事，道曰："陛下以至德承天，天以有年表瑞，更在日慎一日，以答天心。臣每记在先皇霸府日，曾奉使中山，经井陉之险，忧马有蹶失，不敢怠于衔辔。及至平地，则无复持控，果为马所颠仆，几至于损。臣所陈虽小，可以喻大。陛下勿以清晏丰熟，便纵逸乐，兢兢业业，臣之望也。"明宗深然之。他日又问道曰："天下虽熟，百姓得济否？"道曰："谷贵饿农，谷贱伤农，此常理也。臣忆得近代有举子聂夷中《伤田家诗》云：'二月卖新丝，

150

五月粜秋谷，医得眼下疮，剜却心头肉。我愿君王心，化作光明烛。不照绮罗筵，偏照逃亡屋。"明宗曰："此诗甚好。"遽命侍臣录下，每自讽之。道之发言简正，善于裨益，非常人所能及也。

冯道也知道别人背后对自己的议论。后晋少帝即位，冯道加封守太尉，进封燕国公。他曾问比较熟知的客人说："道之在政事堂，人有何说？"客人说："是非相半。"冯道说："凡人同者为是，不同为非，而非道者，十恐有九。昔仲尼圣人也，犹为叔孙武叔所毁，况道之虚薄者乎！"

冯道"会说话"算是一项"本领"。对上，他善于把自己的见解涂上一层"糖衣"，明明里面有"刺"，但君主"吃"了还能受得了。在这中间，如果史书记载无误，冯道有时候的表现，的确是很没有骨气的。比如，《新五代史》上就有这么一段记述：

契丹灭晋，道又事契丹，朝耶律德光于京师。德光责道事晋无状，道不能对。又问曰："何以来朝？"对曰："无城无兵，安敢不来。"德光诮之曰："尔是何等老子？"对曰："无才无德痴顽老子。"德光喜，

151

以道为太傅。

冯道的"失"，当时看是失去了"面子"，而"得"到了尊贵。但用"失节"而到手的"得"，在不少后人看来，实在是"小得"而"大失"。

冯道在后汉隐帝乾佑三年夏间，曾著有《长乐老自叙》一文。文中回顾了自己的"家史"和"官史"，认为自己"上显祖宗，下光亲戚"。最主要的目的，是借机阐述了自己为人处世、为官为臣的"原则"。

冯道对自己"以不变应万变"之道作了一番剖析，也算是一种"自白"。他用了"下不欺于地，中不欺于人，上不欺于天，以三不欺为素"，"贱如是，贵如是；长如是，老如是"这一说法，为自己的从仕之道作了概括。他之所以要这么说，原因他自己也写明了，"知之者，罪之者，未知众寡矣"。他也有一个"伏笔"："为时乃不足，不足者何？不能为大君致一统、定八方，诚有愧于历职历官，何以答乾坤之施。"这样来"检讨"，实际上是一种"模糊战略"，不谈自己服务了几国几朝君王，而强调"致一统，定八方"，言外之意，他自己不断地易国为相，没有什么个人"私心、私利、私欲"。

读了冯道这篇文章，人们自然会各有评论。相当一些人会认为他这样纯粹是在为自己辩护。这一点，恐怕也是事实。一篇《长乐老叙》非但挡不住人们的疑视之目光，还引来了后人更多的批评。

欧阳修在《新五代史》中对冯道批得相当猛烈：

"'礼义廉耻，国之四维。四维不张，国乃灭亡。'善乎，管生之能言也！礼义，治人之大法；廉耻，立人之大节。盖不廉，则无所不取；不耻，则无所不为。人而如此，则祸乱败亡，亦无所不至，况为大臣而无所不取不为，则天下其有不乱，国家其有不亡者乎！予读冯道《长乐老叙》，见其自述以为荣，其可谓无廉耻者矣，则天下国家可从而知也。予于五代得全节之士三，死事之臣十有五，而怪士之被服儒者以学古自名，而享人之禄、任人之国者多矣，然使忠义之节，独出于武夫战卒，岂于儒者果无其人哉？岂非高节之士恶时之乱，薄其世而不肯出欤？抑君天下者不足顾，而莫能致之欤？孔子以谓：'十室之邑，必有忠信。'岂虚言也哉！

予尝得五代时小说一篇，载王凝妻李氏事，以

153

一妇人犹能如此，则知世固尝有其人而不得见也。凝家青、齐之间，为虢州司户参军，以疾卒于官。凝家素贫，一子尚幼，李氏携其子，负其遗骸以归。东过开封，止旅舍，旅舍主人见其妇独携一子而疑之，不许其宿。李氏顾天已暮，不肯去，主人牵其臂而出之。李氏仰天长恸曰：'我为妇人，不能守节，而此手为人所执邪？不可以一手并污吾身！'即引斧自断其臂。路人见者环聚而嗟之，或为弹指，或为之泣下。开封尹闻之，白其事于朝，官为赐药封疮，厚恤李氏，而笞其主人者。呜呼！士不自爱其身而忍耻以偷生者，闻李氏之风宜少知愧哉！"

欧阳修举王凝妻李氏之例，与冯道相互映衬，冯道便以其"不自爱其身而忍耻以偷生"矮了一大截子。堂堂宰相，竟不如一人妇，这个"比"字，写得实在是醒目！

司马光在《资治通鉴》的"臣光曰"中，对冯道作了一番针对性很强的"剖析"：

天地设位，圣人则之，以制礼立法，内有夫妇，外有君臣。妇之从夫，终身不改；臣之事君，有死

154

无贰；此人道之大伦也。苟或废之，乱莫大焉！范质称冯道厚德稽古，宏才伟量，虽朝代迁贸，人无间言，屹若巨山，不可转也。臣愚以为正女不从二夫，忠臣不事二君。为女不正，虽复华色之美，织纴之巧，不足贤矣；为臣不忠，虽复材智之多，治行之优，不足贵矣。何则？大节已亏故也。道之为相，历五朝、八姓，若逆旅之视过客，朝为仇敌，暮为君臣，易面变辞，曾无愧怍，大节如此，虽有小善，庸足称乎！或以为自唐室之亡，群雄力争，帝王兴废，远者十馀年，近者四三年，虽有忠智，将若之何！当是之时，失臣节者非道一人，岂得独罪道哉！臣愚以为忠臣忧公如家，见危致命，君有过则强谏力争，国败亡则竭节致死。智士邦有道则见，邦无道则隐，或灭迹山林，或优游下僚。今道尊宠则冠三师，权任则首诸相，国存则依违拱嘿，窃位素餐，国亡则图全苟免，迎谒劝进。君则兴亡接踵，道则富贵自如，兹乃奸臣之尤，安得与他人为比哉！或谓道能全身远害于乱世，斯亦贤已。臣谓君子有杀身成仁，无求生害仁，岂专以全身远害为贤哉！然则盗跖病终而子路醢。果谁贤乎？抑此非特道之愆也，时君亦有责焉，何则？

155

不正之女，中士羞以为家；不忠之人，中君羞以为臣。

彼相前朝，语其忠则反君事仇，语其智则社稷为墟。

后来之君，不诛不弃，乃复用以为相，彼又安肯尽忠

于我而能获其用乎！故曰，非特道之愆，亦时君之责也。

在这番"剖析"中，司马光的基本观点是很明确的："妇之从夫，终身不改；臣之事君，有死无贰。此人道之大伦也"，"正女不从二夫，忠臣不事二君"。认为冯道"大节已亏故也"，"虽有小善"，也立不住了。司马光也看到了五代时期"群雄力争，帝王兴废，远者十余年，近者四三年"的特殊历史环境，这一点还是比较客观的。但司马光认为，冯道的正确选择应该是"邦有道则见，邦无道则隐"。这种"说法"当然是有根据的。根据就是孔子在《论语》中的"邦有道，谷；邦无道，谷，耻也""危邦不入，乱邦不居。天下有道则见，无道则隐"。

司马光接着将批评的矛头指向了五代时期任用冯道的君主："不正之女，中士羞以为家；不忠之人，中君羞以为臣。"结论是："非特道之愆，亦时君之责也。"

应该说，司马光对冯道的批评，比较起欧阳修在《新

五代史》中的评价，已经稍微平和了一些，也点到了冯道所处的"客观环境"。但从总体上讲，司马光与欧阳修在基本观点上是一致的。

很有意思的是，从宋代薛居正于公元 974 年监修完成《旧五代史》，到宋代欧阳修于公元 1053 年撰写完成《新五代史》，相隔不过八十年，但两书对冯道的评价却有一定差异。《旧五代史》在"史臣曰"中评价："道之履行，郁有古人之风；道之宇量，深得大臣之体。"当然，也有很大的遗憾："然而事四朝，相六帝，可得为忠乎！夫一女二夫，人之不幸，况再三者哉！"

对冯道这个人，真正应该从根子上研究的，是两大问题。第一，冯道为相二十多年，为官为政益百姓多还是害百姓多？第二，冯道服务过的几位君主是"明君"，还是"昏君"？他是助君"贤明"，还是助君"昏庸"？

有一句话，说"春秋无义战"。五代时期，中国再次处于战争与和平、分裂与统一的过渡状态。其间，真可谓是"置君犹易吏，变国若传舍"。在这个特殊的历史进程中，一个大舞台拆成了若干个小舞台，舞台上的人物也比平时多了许多，一个人从这个舞台到那个舞台，从这个角色到那个角色,算不算失节？算不算投机取巧？

算不算投敌叛变？算不算没有立场？明代思想家李贽对冯道给予了宽容的原谅，认为他的所为在当时历史背景下情有可原。在中国处于大分裂的年代里，对冯道先生该如何下结论，实在是个特殊问题。这里，用什么样的尺子来衡量人，的确是问题的关键。

对冯道这种人的所谓"务实"品质，余秋雨先生在《历史的暗角》中，曾用"他的本领自然远不只是油滑而必须反复叛卖了"一语进行了评论。余秋雨先生说："我举冯道的例子只想说明，要充分地适应中国封建社会的政治生活，一个人的人格支出会非常彻底，彻底到几乎不像一个人。"这番话说到了相当的深度，对冯道作了"人格"上的判决。冯道在相当长的时间里，已经受到了道义上的种种谴责，这些谴责到位不到位，合适不合适，恰当不恰当，贴切不贴切，很值得后人的后人再思考。

说冯道，评冯道，最后还要说一句话：一分为二看待冯道，不是说冯道是一个值得肯定的人，而是说对待一个历史人物，还是历史地、客观地分析比较好。冯道不是一个没有毛病的人，对冯道的人品，多数人都主张要打问号。但后人对冯道身上的毛病第一要找准，第二要结合当时特殊的历史环境去找。

宋太宗：
"糊涂"后的"聪明"

　　宋太宗赵匡义这个人，是很有作为的。在他当皇帝之前，他做的最大的事，是与赵普一起密谋帮自己的哥哥赵匡胤夺了后周的天下，在开封东四十里的陈桥驿发动了军事政变，使赵匡胤坐上了皇帝的宝座，然后，又帮着宋太祖南征北战，完成了统一大业。这个情形，有点像唐朝的李渊和李世民。不同的是，李渊和李世民是父子，而赵匡胤和赵匡义是兄弟。

　　宋太宗的一生，是承前启后的一生。宋朝在内忧外患中延续了300余年，创业的基础，比如政体和官制，是在宋太祖和宋太宗兄弟二人手中完成的。而这中间，宋太宗的功劳是不可磨灭的。打江山难，坐江山亦难。宋太祖和宋太宗，不仅合作打江山，还合作坐江山。宋太祖在位17年，他平时就曾对人说：匡义龙行虎步，出生时候就有奇异的现象发生，以后一定能成为太平天子，论福分我恐怕不如他。公元976年，宋太祖逝世（关于宋太祖的死，曾有不同的说法），宋太宗即皇帝位。宋太宗在位23年。他在位期间，国家不是没有征战，不是没有灾难，但是天下总体上处于稳定态势。这与宋太宗勤于政务、依靠良臣治国、考核官员政绩、鼓励生产发展、减轻农民赋役等做法是分不开的。

如果要研究宋太宗，应该加上研究另外三人：赵普、寇准和吕蒙正。赵普为相，先是为宋太祖服务，而后辅佐宋太宗；寇准、吕蒙正为相，先是服务于宋太宗，之后辅佐宋真宗。这三个朝中的"贤内助"，的确帮了宋太宗的大忙。

宋太宗、赵普、寇准、吕蒙正，这四个人的关系，是很有意思的。后面的三人，总是在宋太宗"糊涂"的时候，大胆直言，使宋太宗"聪明"过来，要么避免了错误的决策，要么避免了冤枉好人，要么避免了上当受骗。宋太宗得到这三个人的帮助，故事很多，我们随意选取几个，足可以看出个大概来。

故事一：据《宋史》载："太宗入弭德超之谗，疑曹彬不轨"，而赵普挺身而出，"为彬辨雪保证，事状明白"。宋太宗事后说："朕听断不明，几误国事。"结局，弭德超被放逐，曹彬重用如旧。良辅护良将，危难之际挺身而出，赵普很是仗义。但宋太宗不但听进了劝告，还作了自责，也难能可贵。曹彬一案，像一面镜子，照出了赵普之忠义，照出了宋太宗之开明。

故事二：据《宋史》载："祖吉守郡为奸利，事觉下狱"，正在等待审判的时候，赶上了可以赦免犯人的"郊礼"，宋太宗"疾其贪墨，遣中使谕旨执政：'郊赦可特勿贷祖吉。'"赵普知道了这件事，觉得不妥，面见宋太宗时，陈述了自己的观点："削官抵罪，宜正刑辟。然国家卜郊肆类，对越天地，告于神明，奈何以吉而隳陛下赦令哉？"宋太宗听了觉得言之有理，也同样宽免了祖吉。

故事三：《宋史》载：宋太宗"会诏百官言事，而准其陈利害"，日益器重寇准。但是，也有闹翻脸的时候。一次，寇准"尝奏事殿中"，"语不合，帝怒起"，寇准连忙拉着宋太宗的衣服，让他重新坐下来听，直到把要商量的事情定下来。宋太宗感慨道：我得寇准，便如唐太宗得魏徵一样。宋太宗说这样的话，不只表达道歉的意思，更是一种发自内心的感叹。"良药苦口，忠言逆耳"，一个皇帝真正明白这句话的含义，看来是相当不容易的。

故事四：一天，宋太宗问寇准："朕诸子孰可以付神器者？"寇准知道，宋太宗问的是一直很敏感的立太子问题，他的回答十分机智："陛下为天下择君，谋及妇人、中官，不可也；谋及近臣，不可也；惟陛下择所以副天下望者。"宋太宗听出了点话音，立即令左右侍卫离去，小声问寇准："襄王可乎？"寇准回答得更妙："知子莫若父，圣虑既以为可，愿即决定。"襄王被立为太子后，有一次朝拜庙堂回宫路上受到了百姓的夹道欢迎，宋太宗知道后心里很不痛快，他质问寇准："人心遽属太子，欲置我何地？"寇准一听就明白了，原来宋太宗添了新的"心病"，他马上跪下向宋太宗道贺："此社稷之福也。"宋太宗彻底明白了，把寇准叫来一起饮酒，直到酩酊大醉。宋太宗这个人，心胸说大也大，说小也小，实际上是个矛盾体。

故事五：《宋史》载："尝灯夕设宴，蒙正侍，上语之曰：'五代之际，生灵凋丧，周太祖自邺南归，士庶皆罹剽掠，下则火灾，上则彗孛，观者恐惧，当时谓无复太平之日矣。朕躬览庶政，万事粗理，每念上天之贶，致此繁盛，乃知理乱在人。'"宋太宗这番话，透出的是一种自我陶醉的心态。而吕蒙正却唱了反调：皇帝居住的都城，"士庶走集，故繁盛如此。臣尝见都城外不数里，饥寒而死者甚众，不必尽然。愿陛下视近以及远，苍生之幸也。"宋太宗"变色不言"。实际上，宋太宗最终还是听进去了。想必宋太宗的内心，也是经历了一番思想斗争，这是一个怒中先忍、忍中再思、思而后明的过程。吕蒙正可能是知道谏言极限之所在，所以他显得很能沉住气。

故事六：宋太宗想选个使者去朔方，让吕蒙正提出人选意见，"蒙正退而名上，上不许。他日，三问，三以其人对"。宋太宗生气了："卿何执耶？"吕蒙正回答："臣非执，盖陛下未谅尔。"吕蒙正再次陈述了自己的意见，称"臣不欲用媚道妄随人主意，以害国家。"宋太宗终于采纳了吕蒙正的意见。事后，宋太宗对人说："蒙正气量，我不如。"一个权大无比的皇帝，能在事后这样评价自己和臣下，这是很不容易做到的。

　　如果说刘邦有萧何是幸运，唐太宗有魏徵是福分，那么，宋太宗有赵普、寇准、吕蒙正三人，真可谓一种天功神助，也印证了"主欲知过，必借忠臣"的说法。其实，宋太宗和这三位重臣之间，也不是没有一点误会和疙瘩，实际上宋太宗与他们也都有一些这样或那样的冲突，有时候冲突还比较激烈。赵普这个人，个性是很强的，《宋史》载"普性深沈有岸谷，虽多忌克，而能以天下事为己任。"比如赵普死时，宋太宗哭着对大臣说："普事先帝，与朕故旧，能断大事。先前与朕尝有不足，众所知也。朕君临以来，每优礼之，普亦倾竭自效，尽忠国家，真社稷臣也，朕甚惜之。"这夸奖的话里，也还是讲了"尝有不足"这种关系。比如有一次，寇准与宋太宗在朝堂争执起来，宋太宗大怒道：鼠类、鸟类还能体会到人的意思呢，何况是你这位大臣呢？寇准不久就被贬到地方做官，直到宋真宗执政把他召回。再说这宋太宗与吕蒙正。吕蒙正刚刚拜相时，张绅任蔡州知州，因贪污罪免官。有人向宋太宗"垫话"：张绅家中富裕，不至于贪污，只是吕蒙正贫困时向他借贷不成，现在乘机向他报复。宋太宗立即恢复了张绅的官职。吕蒙正没有辩解。后来，张绅贪污的证据被人找到了，使其受到了降职处分。等到吕蒙正再次拜相，宋太宗说：看来张绅确实犯有贪污罪。吕蒙正听了既不辩解也不叩谢。这件事，说明了君臣之间，有说得清楚的时候，也有说不清楚的时候，有的时候沉默或许是紧张气氛的缓解剂。

从宋太宗与赵普、寇准、吕蒙正之间的合作，人们不难看出：封建时代里的明君之明，不是先天之明，而是听进了明理而后明；封建时代里的忠臣之忠，只有遇到了知忠之君，忠才能发挥出作用。君臣的默契，是有合有分的默契。赵普能"以半部论语治天下"，如果不是遇到宋太祖、宋太宗这样的明君，恐怕要空怀壮志而难成大业。如果说宋太宗在位期间，做了一些有益于社会发展的业绩，那可以肯定，赵普、寇准、吕蒙正三人是起了不小作用的。没有这三人的努力，恐怕情况会是另外一个样子。

王安石：
可贵的"早醒"

    谈王安石，我首先想到了司马光的《资治通鉴》开篇。

    司马光写《资治通鉴》，开篇是韩、魏、赵三家瓜分晋国。晋国当政的智伯瑶是个贪婪且昏庸的家伙，而他的对手韩康子、魏桓子、赵襄子，个个都很有心计和谋略。智伯瑶向韩康子和魏桓子索要土地，韩康子和魏桓子刚开始想不给，但都经"高人"点拨，他们先后答应了智伯瑶的无理要求。他们听从了"高人"的劝告，明白了"将欲败之，必姑辅之。将欲取之，必姑与之"

的道理。连连得手的智伯瑶，又向赵襄子提出了土地要求。赵襄子没有答应。于是，智伯瑶联合韩康子、魏桓子，一起向赵襄子发起了进攻。这智伯瑶哪里知道，韩康子、魏桓子、赵襄子已在暗中联络，形成了统一战线。结局当然是智伯瑶掉了脑袋，三个大夫将晋土一分为三。

司马光评价说："智伯之亡也，才胜德也。夫才与德异，而世俗莫之能辨，通谓之贤，此其所以失人也。夫聪察强毅之谓才，正直中和之谓德。才者，德之资也；德者，才之帅也。""是故才德全尽谓之'圣人'，才德兼亡谓之'愚人'；德胜才谓之'君子'，才胜德谓之'小人'。""凡取人之术，苟不得圣人，君子而与之，与其得小人，不若得愚人。何则？君子挟才以为善，小人挟才以为恶。挟才以为善者，善无不至矣；挟才以为恶者，恶亦无不至矣。愚者虽欲为不善，智不能周，力不能胜，譬之乳狗搏人，人得而制之。小人智足以遂其奸，勇足以决其暴，是虎而翼者也，其为害岂不多哉！"司马光推而广之："自古昔以来，国之乱臣，家之败子，才有馀而德不足，以至于颠覆者多矣，岂特智伯哉！故为国为家者，苟能审于才德之分而知所先后，又何失人之足患哉！"

167

司马光用"三大夫分晋"作为《资治通鉴》的开篇，是不是另有目的？这段"点评"已经说明了一些问题。他或许在这里不点名地骂王安石，或许骂更多的王安石式的人物，都不能完全肯定。但是，如果将这番话细细咀嚼一番，就会发现，这段话是很有针对性的。司马光将人才分为四等："圣人"、"愚人"、"君子"、"小人"。很有意思的是，他将"愚人"放在了"君子"之前，是为了什么？是为了强调对"小人"的痛恨，宁可要无才无德的"愚人"，也不要有才无德的"小人"，这个态度实在是鲜明无比。司马光对王安石的改革，是怨恨的。他曾对宋神宗说,他与王安石"犹冰炭之不可共器，若寒暑之不可同时"。如果这段人分四等的话，的确有所暗指，是一种含沙射影，那么，他的宿敌王安石能不在其列吗？

公元 1067 年，18 岁的赵顼登极，成为北宋皇帝。赵顼的一生中，在历史上，给人印象最深的，是他支持大臣王安石的"变法"，让王安石权倾一时；又是他将王安石罢黜后复用，复用后再度罢黜，直至令王安石"退休"。

一个人在历史上的定位，不是自己能决定的。众多的人写了历史,但历史又写了每一个人。从一定意义上讲,历史是时间、空间、人际三者的"综合体",而某一个具体的人,在其间是微不足道的。王安石的有为和无为,是一定时代环境和条件下的产物。作为个人,要超脱这种特定的环境和条件,是极其困难的。但是,作为有志有识有才之人,大多又不甘于历史的局限,要竭尽全力,冲出某种重围,寻找云缝中的晴空,显现出的便是人类向往美好的可贵的奋争精神。王安石试图这样做,他坚持自己的理想,而对这样做的结果本身或许考虑得不多。

王安石,字介甫,抚州临川人。公元 1021 年,王安石出生在一个地方官吏家庭,全家随父亲走了不少地方,读了许多书,也见了许多世面,更对现实社会生活有比较深刻的了解和体会。1042 年,王安石通过科考入仕,历任"签书淮南节度判官厅公事"、"鄞县知县"、"常州知州"、"饶州江南东路提点刑狱公事"、"三司度支判官"、"翰林学士"、"参知政事",1070 年正式拜相。公元 1074 年,被罢相,贬为江宁知府。1075 年又重被拜相,于 1076 年二次罢相。从此,便是 10 年的隐退生活,著书立说,谈佛论经,至 1086 年病逝,终年 66 岁。王安石的变法改革,就是在他的相位上实施的,他的"成"

在此，他的"败"也在此。

王安石个人也是历史的定位。王安石可谓生不逢时。赵宋王朝在中国历史上是个软弱的朝代，比之汉、唐，相去甚远，数百年一直为"强邻"所扰，"靖康之难"的剧变只是这台风雨飘摇活剧的一幕，然则最终"大宋"还是在元朝大军围困进攻下覆灭了。就在这个历史时段上，王安石，一个踌躇满志的文臣，却要用"新法"革除旧弊，力图以壮大经济力量充实军备与国防，以光复疆土，扫除边境忧患，洗雪国家耻辱。这种抱负，与朝政的衰败、柔弱、无能，形成了鲜明对照。如此看来，其悲剧之发生也就是必然的了。有人会说，像王安石这样的优秀人才，若生逢汉唐盛世，客观条件允许，说不定可以大展宏图，不至于事败人退，抱憾终生。

"王安石若晚生几百年，或许便可有英雄用武之地了。"这也是一种观点。还有一位史学家在评论王安石时说过"具有超人智慧的人总是寂寞的，甚至是悲哀的"这么一番话。王安石为政理财，显得很是"心急"。他曾这样说："且天地之生财也有时，人之谓力也有限，而日夜之费无穷。以有时之财，有限之力，以给无穷之费，若不为制，所谓积之涓涓而泄之浩浩，如之何使斯民不贫且滥也！"可以说，王安石把宋王朝的经济体制存在的弊端是看清楚了。王安石的改革措施，多涉及国家财税方面。比如设立了"青苗钱"，即政府在栽种禾苗的季节贷款给农民，收获之后还款时附加 20% 的利息。王安石用一种疑问加回答的语气，为这种"借贷"方法的推行作了一番解释："然不与之而必至于二分者，何也？为其来日之不可继也。不可继则是惠而不知为政，非惠而不费之道也。故必贷。"另外还有"免役钱"、"市易法"、"均输法"、"方田法"等措施，他用的竟都是金融、税率等"经济杠杆"来刺激生产发展、增加财政来源、活跃货物流通。

王安石理财有道，堪称是大经济学家。他在《乞制置三司条例》中写道："盖聚天下之人而治之，不可以无财；理天下之财，不可以无义。夫以义理天下之财，则转输之劳逸不可以不均，用度之多寡不可以不通，货贿之有无不可以不制，而轻重敛散之权不可以无术。"王安石提出："发运使总六路之赋入，而其职以制置茶、盐、矾税为事，军储国用，多所抑给，宜假以钱货，继其用之不给，使周知六路财赋之有无而移用之。凡籴买税敛上供之物，皆得徒贵就贱，用近易远，令预知在京库藏、年支，见在之定数所当供办者，得以从便变易蓄卖，以待上令。稍收轻重敛散之权归之公上，而制其有无，以便转输。省劳费，去重敛，宽农民，庶几国用可足，民财不匮矣。"这篇奏章，写于1069年7月，此时，他出任参知政事刚刚5个月。文章直接触及了宋朝"财用窘急无余，典领之官拘于弊法"的要害，明确提出了"收轻重敛散之权归之公"的主张。在《答曾公立书》中，王安石阐述了推行"青苗法"的"要义"："政事所抑理财，理财乃所谓义也。"王安石的"变法"，不仅涉及了宋王朝的经济制度，还直接冲击了宋王朝的政治制度和旧的学制。他希望宋王朝能够改革吏制，举贤授能。在《兴贤》一文中，王安石提出："国以任贤使能而兴，弃贤专己而衰。此二者必然之势，古今之通义，流俗所共知耳。何治安之世有之而能兴，昏乱之世虽有之亦不兴，盖用之与不用之谓矣。有贤而用，国之福也，有之而不用，犹无有也。"比如在学制改革上，王安石提出改进考试课目和学校课程。王安石要改的，是已经实行400年之久的考试课目（诗赋、帖经之类），改为考试议论文，培养考生的独立思考能力。对学校的课程，增加了地理学、经济学、史学、法学、医学等实用性科目，意在使学生拥有投身社会实践的真才实学。由此看来，王安石的"眼界"、"胸襟"可谓"超前"了一大截子，因为王安石毕竟生活在 11 世纪，距今近千年。

在《宋史》中，王安石得到的是很不公正的评价："安石议论高奇，能以辨博济其说。果于自用，慨然有矫世变俗之志"，"安石性强忮，遇事无可否，自信所见，执意不回。"《宋史》上还有记载：宋神宗得《流民图》，罢除了王安石新法十八条，感动了老天爷，大旱中天降大雨，"远近沾洽"。

王安石挨骂，骂声主要来自同僚。其中，不少是有影响的人物。除了司马光的"骂"，还有苏洵等人，"骂"得也很厉害。苏洵在《辨奸论》一文中，对王安石作了人身攻击，骂得相当过头，什么"阴贼险狠"，什么"衣臣虏之衣，食犬彘之食，囚首丧面"，什么"凡事之不近人情者，鲜不为大奸慝"，什么"天下将被其祸"，等等。

王安石也曾在1104年被"平反"。宋朝第八位皇帝赵佶一道诏书颁称他为孔门的第三个圣人，位在孔、孟之后。这样的"待遇"，以后也没什么人能攀比。然而，如果就事论事，他毕竟是个现实的失败者。他的那些"新奇"的改革措施，也大多成为历史的踪迹，听凭后人评点了。尽管如此，他的"省劳费，去重敛，宽农民，庶几国可足，民财不匮矣"的观点，应该说是经得起历史检验的。

王安石，不可能早生几百年，亦不可能晚生几百年。他只能是赵宋王朝的一个"亮点"和"牺牲品"。他的一生，再一次印证了"时势造英雄"这句古话。在中国历史上，赵宋王朝历经数百年，国不算强，忧患也不算少，但竟没使王安石有施展才华的好舞台，可惜之极。不过，看历史人物，从公而论，不应只属于某个时段，不只看其在某一时段的成败，而要看其对整个人类史的贡献与作为。某一时段的"亮点"，能冲破其时空的浓烟重雾放出光芒，已经很是"伟大"，真不是用成败可以讨论斤两的了。顶着巨大的习惯势力推行变革，王安石的创新精神是非常可贵的。他在《太古》一文中，大声质问："太古之人不与禽兽朋也几何？圣人恶之也，制作焉以别之。""太古之道果可行之万世，圣人恶用制作于其间？必制作于其间，为之不可行也。顾欲引而归之，是去禽兽而之禽兽也，奚补于化哉？吾以为识治乱者当言所以化之之术，曰归之太古，非愚则诬。"

在当时，变革社会经济制度，是很容易招来谤议的，但王安石有思想准备。"士固有离世异俗，独行其意，骂讥笑侮，困辱而不悔。彼皆无众人之求，而有所待于后世者也，其龃龉固宜……彼有所待而不悔者，其知之矣！"这番话，是王安石借给泰州海陵县主簿许君作"墓志铭"时表达出来的，其对改革事业无愧无悔之决心坦露无遗。

一个人生活在人世间，因无法永生不老，因而双脚必然只踩着两个时点：生时与亡时。两点之间，短不过数十载，长不过百年。思想和行为落后于时代的需要，就变成"保守"；思想和行为过于"超前"，就变成"激进"；思想和行为与时代"同步"，就能够与同代人"融会"、"贯通"。"同步"应理解为一个进程，在"同步"的队伍中总有走在时代前列的人，他们"早醒"，也最先感受走在前列的代价。当大雾迷漫的路段，他们一不小心，就会失去同时代众人的追随。这样简单的"大道理"说起来容易，做起来甚难。认真分析，又实在耐人琢磨。

"保守"、"同步"、"激进"，看似是一个时间概念，实则是各种主客观因素混合的产物。作为政治家，顺历史潮流者，成；逆历史潮流者，败。这是总的规则。但细分起来，还有个"量化"问题，"顺"多少，"逆"多少，"量"不同，效果亦不一样。如孩子穿衣，10岁的衣服，6岁时穿上"显大"，16岁时穿上"显小"，八九岁时和十一二岁时穿上还"勉强"。历史人物，若从"顺潮"、"逆潮"来讲，抛开其他因素不谈，有没有为时代所接受、能在所在时代有作为的"量化环境"是至关重要的。王安石的"新法"早生不可能，"迟现"无意义，偏生于当时，又不具备应有的"量化环境"，是故要败，美好的愿望终成为泡影也不足为奇。当然，环境是可以变化的，人的努力也可以成为改变环境的推动力量，这里，要有同时代的大多数人的合力，所谓"人心齐，泰山移"，指的就是众人改造、改变环境的道理。王安石和支持者在当时毕竟只是少数，即便是醒得再早、再彻底，没有大多数人的理解和携手同心，也只能处于孤掌难鸣的境地。

王安石在《游褒禅山记》中，曾留下了这样一番话："夫夷以近，则游者众；险以远，则至者少。而世之奇伟瑰怪非常之观，常在于险远，而人之所罕至焉，故非有志者不能至也……尽吾志也，而不能至者，可以无愧矣，其孰能讥之乎？此予之所得也！"王安石走的是"险以远"的路。不管怎么说，王安石的"探险"是了不起的，他的"早醒"是十分可贵的，值得后人念颂。

在人类历史上，古今中外，"早醒"的人不止王安石一个，他们的结局也各不相同。相当多的情况是，"早醒"的人在"当时"的日子都不太好过，轻者受挫，重者被杀，付出的代价都不小。由于主客观的原因，一些"早醒"的人的足迹，被当时的重雾掩去，而只有过了许久，后面的人赶了上来，才会明白：这是他们探索出来的路呀！他们的功绩，往往如越存越香的陈年老酒，只要打开酒缸的盖子，就会溢出扑鼻的醇香。对这些"磨难深重的前人"，后人的评价总是越来越高。

作为政治家，王安石既得志又不得志。作为文人墨客，王安石也留下了不朽篇章，被尊为"唐宋散文八大家"之一。王安石在《上人书》中，明确地提出了他的文学主张："且所谓文者，务为有补于世而已矣。所谓辞者，犹器之有刻镂绘画也。诚使巧且华，不必适用；诚使适用，亦不必巧且华。要之，以适用为本，以刻镂绘画为之容而已。不适用，非所以为器也。不为之容，其亦若是乎？否也。然容亦未可已也，勿先之，

177

其可也。"他的观点,文学应该立足于"务为有补于世",直接批评了重文字形式轻实际内容的浮艳文风。作为文人,王安石也写下了大量诗篇。著名的有《感事》、《河北民》、《收盐》、《兼并》等。在《桂枝香》中,他一气呵成了这样的暗含伤时的心曲:"登临送目,正故国晚秋,天气初肃。千里澄江似练,翠峰如簇。征帆去棹残阳里,背西风,酒旗斜矗。彩舟云淡,星河鹭起,画图难足。念往昔,繁华竞逐,叹门外楼头,悲恨相续。千古凭高对此,慢嗟荣辱。六朝旧事随流水,但寒烟衰草凝绿。至今商女,时时犹唱,《后庭》遗曲。"

借古论今,王安石在这里说出了什么,还有什么没有说出来,给人的想象空间都是很大的。国事、官场事、千古事,联想起来,诗人该有多少感慨?王安石还有一首《浣溪沙》,写得更是耐人寻味:"百亩中庭半是苔,门前白道水萦回,爱闲能有几人来?小院回廊春寂寂,山桃溪杏两三栽,为谁零落为谁开?"这小园风情景物,寓意颇深,一场惊天动地的"变法",其中酸苦,用"为谁零落为谁开"之问不也贴切十分吗?

范仲淹：
为"人"为"官"为"文"

　　在谈范仲淹之前，想谈几句关于做人、做官、做文的闲话。在中国封建社会里，尤其是经过科考制度的筛选，有文化的人才中的精华，集中在两个层面上：一是有才华的官，二是有才华但一直没有当官的闲人。这两种人，都是文人。比如，这有才华的官是"官"与"文"的结合体，不少人是既做了官，又写了文章。当然，还有一部分文人，是一辈子没有做官，他们或著书立说，或教书育人。做不了官的文人，有的是不想进入仕途，有的是怀才不遇没有得到进入仕途的机会。所有文人，

179

不论当不当官，还有一个处世为人的问题，这是说做人的品行。"人"、"文"、"官"这三者之间，具体到每个文人，又有同有异，每个人又有每个人的修造。达到比较完美的结合，是很难的。为人，要正，正派，正道；为官，要公，公而忘私，公而善政；为文，要通，通今古，通文理。这三条，兼备了又很不容易。在三条兼备的人群中，范仲淹是代表人物之一。

中国有一个由"言"由"文"而"记人"的习惯，范仲淹的一篇《岳阳楼记》，一句"先天下之忧而忧，后天下之乐而乐"，使他成为人们心目中永远的巨人。

范仲淹留给人的深刻印象，是个"大文人"。其实，他还是个"大官"、"大将军"，曾被宋仁宗任命为参知政事，还带兵打过仗。一般人不了解范仲淹的仕途和军旅生涯，这不是什么奇怪的事。在中国历史上，有相当一批政坛巨人和著名将帅，他们被人铭记的"亮点"是"文"，或散文，或诗词，或上疏。这些"亮点"已经闪烁夺目、光彩照人，以至于他们做过什么官，领兵打过什么仗，做过什么事，活了多大年岁，家庭情况如何，都显得不重要了。此类人，如春秋诸子，如汉赋大家，如唐诗宋词众杰，多不胜数。范仲淹属于这种情况。

追溯起来，范仲淹是唐朝宰相范履冰的后代。范仲淹祖籍河北，后迁到江苏吴县。他两岁丧父，随改嫁的母亲来到山东朱家，一度改范姓为朱姓，直到进入仕途才改回原姓。家境的不顺，少年的磨难，并没有使他失去勤学、报国之志。他通晓六经，精通易学，文化功底深厚。

像许多文人一样，范仲淹也是靠考场的途径进入仕途的。做官，由小到大，还因直言而得罪权贵，几经起落，东迁西走。范仲淹的直言，有的犯上，有的犯左右，对个人没什么好处，不是遭冷眼，就是受贬斥。但对国家对百姓，范仲淹是无愧的。

我们来看看他"直言"的内容，来看看他的赤诚之心：

——上书皇帝请求选择郡守，举荐县令，斥逐游散懒惰之人，裁汰冗员和不安本位的人，慎重用官员，安抚将帅；

——批评朝廷大兴土木，浪费百姓资财，提出减少平常年份征购木材的数量，减轻百姓的负担；

——在江、淮、京东等地遭受虫灾、旱灾之时，请求朝廷派员察看灾情，开仓济民，减免灾区的税役；

——不赞成将帅以官品高低作为出阵先后的作法，提出抵抗外敌和加强边防的政策，如屯兵营田、建设军事基地，等等；

——建议严明官吏升降制度，政府官员没有大的功劳和美德，不能升迁。朝廷内外官员必须在职任期满三年；

——抑制侥幸，取消乾元节给少卿、监以上官员任子的恩泽。正郎以下如监司、边远地区的官员，必须任职满两年，才可享受恩荫任子，大臣不得举荐自己的子弟担任馆阁职务；

——严格贡举制度，对参加考试的人，不仅要看卷面的成绩，还要结合考察平时的操行；

——均公田，均衡职田收入，解决外官食禄供应不均影响廉洁奉公问题；

——建议重视农业生产，治理堤堰河渠，制定奖励措施，大兴农田水利建设；

——建议整顿军队，一年中三季务农，一季练兵，节省军备费用开支；

——提出慎重出台法规和政令，保持法规和政令的相对稳定；

——建议减轻百姓徭役，将人口少的县降格为镇，用减少官员人数的办法，来减轻百姓的负担；

……

范仲淹为官，因触犯权贵，曾被放逐外任许多年。他的心境，也一度处于低潮，"愁肠已断无由醉"、"谙尽孤眠滋味"这些诗句就是一种写照。但也正是这个经历，使他更多地了解到了社会的弊端和百姓的苦难，也有了批评弊政的发言权。范仲淹没有放弃这个发言权。他为百姓说话，为百姓主持公道，当然成为众望所归的人物。事实是，他每到一地，都受到了当地百姓的欢迎。每离开一地，当地百姓总是依依不舍，恳切挽留。他逝世后，宋仁宗叹息哀悼了许久，还派人去慰问他的家人。在封建社会的仕途上，有点坎坷，有点起伏，本不算什么特别，而为官能受百姓的好评，让人在离任后还久久思念，这并不是容易的事。

范仲淹得到了百姓的拥戴。他的思想境界是："不以物喜，不以己悲。居庙堂之高，则忧其民；处江湖之远，则忧其君。"

范仲淹的一生，心里充满了忧患。他的忧，一则是忧国，一则是忧民。忧国，是因为国力不强，外患不止，屈辱无数。忧民，是因为百姓太苦，饥寒交迫，劳役沉重。范仲淹屡屡上书，不为自己名利得失，为的是民富民安，为的是国宁国强。可以这么说，范仲淹是在忧患中度过一生的。他的忧，充满了对国家对人民的爱，也饱含了真情实感。他的"言"，表达了一个正直的文化巨子爱国爱民的高尚情操。为人，有人德；为官，有官德；为文，有文德。正因为此，范仲淹成了中华民族不朽的英杰。爱民胜过爱自己，爱国家胜过爱小家，这样的精神境界，所以受到崇尚和敬佩，在于不是人人都能达到的。人活着，为自己为小家而操劳奔波，不会被他人和后人念挂，不会被社会和历史惦记。而只有超越了自我和小家的局限，迈出了"忘我"、"舍小家"的一步，人生的真正价值才会成百倍成千倍地闪现出来。范仲淹就是这样的人。

明景帝：
患难与谁？

　　在中国封建社会历朝历代的皇帝中，自作自受酿成悲剧的或因种种莫测的原因被裹进悲剧的不算少。他们或在战争中丧生，或在宫廷斗争中败死，或在淫乐中夭亡，而平平安安者少，长寿善终者少，至于对"高处不胜寒"的"寒"字，能体会到相当的深度，有自知自明者，更是稀少。在所有的一幕幕悲剧中，明景帝朱祁钰的登台亮相与悲惨结局是独一无二的。后人对他多一些了解，是有必要的。

　　朱祁钰不是一个不读书的人，他读过不少书。但是，人们不明白，他究竟知道不知道宋高宗当年可以搭救父兄而自私偏安的难以说出口的原因？

北宋末年，宋朝统治者走了一步棋：与金合作灭辽。金在与北宋联合攻辽的过程中，看到了北宋的虚弱，就在灭辽的当年冬天，挥师南下，大举进攻北宋。惊慌失措中，昏君宋徽宗连忙把皇位传给了儿子宋钦宗。公元1127年，金军掳走宋徽宗和宋钦宗以及后妃、宗室、大臣等3000人，北宋也就宣告灭亡。历史上把这一变故，称为"靖康之变"。在北宋灭亡的同一年，在父兄生死未卜的情况下，在众大臣的欢呼声中，宋钦宗的弟弟赵构在应天府登上了皇位，后来定都临安，历史上称为南宋。赵构就是宋高宗。南宋初年，金军几次南下，追击南宋统治者。南宋抗金名将岳飞、韩世忠为保卫国家出生入死，立下了汗马功劳。在抗金的战争顺利进行的时候，宋高宗和权臣秦桧却因为要维护自己的统治，极力与金谋和，并杀害了岳飞。宋高宗绍兴十五年（公元1145年）与十六年间，金朝内乱不止，南宋军民抗金情绪高涨，在这样的形势下，宋师北伐，成功的机会是很大的。但是，宋高宗的内心是另有打算的，他怕父兄南归后要交权，选择的竟是讲和这条路。结果，父亲赵佶和比他大7岁的兄长赵桓只好困死在黑龙江依兰。宋高宗也做表面文章，口口声声也要金朝归还"二圣"，但面对金人"回去了，安顿何处？"的问话，宋高宗怎能心口如一地真真切切地坚持将这件事办下去？

历史有时就这么怪：相隔几十年、几百年，人们竟会重复地做着同一件事。公元1449年，就是北宋末年"靖康之变"过去322年后，瓦剌部首领也先率大军南下，与明军在土木堡大战，明军作战失利，明英宗朱祁镇被俘，史称"土木之变"。这年，朱祁镇22岁。

"土木之变"的出现，是出人意料的。公元1449年8月4日，明英宗在宦官王振的怂恿下，指派同父异母的弟弟朱祁钰在他亲征期间留守京师，亲率几十万大军，离开北京，过居庸关，直奔大同，在班师返回北京的途中，9月3日，明英宗被俘，王振也被自己的军队杀死，远征变成了灾难，惊喜过望的瓦剌部首领也先决定把被俘的明英宗当作讨价还价的筹码，开始与明廷谈判。

这时的明朝宫廷，正发生着一场激烈的争论。明英宗的生母孙太后和他的皇后，立即筹措财宝作为赎金送出，力图使明英宗获释。以徐有贞为首的一些大臣主张效仿宋朝的作法，使明朝南迁。这实际上是逃跑主义。另一派意见的首领是兵部侍郎于谦，他的意见是朝廷留在京城，稳定局势，另立新君以摆脱也先的要挟。在于谦等大臣的努力下，9月23日，明英宗的同父异母兄弟、此时已奉太后之命摄政的朱祁钰登基，并宣布公元1450年实行新年号，取名"景泰"。同时大赦天下，免景泰二年田租十之三。而被俘的皇帝，此时被遥封为太上皇。尔后，瓦剌首领也先挟太上皇与明朝军队作战，并迫近京城。已升任兵部尚书的于谦和守城总指挥石亨等组织了有效的防守。当也先的部队败退后，明朝面临的便是新皇帝如何对待老皇帝的问题了。老皇帝显然作出了回归后不再问政的许诺，也先认为老皇帝的使用价值也不太大了，"慷慨"送回，新皇帝犹豫再三后勉强接受，明英宗于公元1450年9月19日回到了北京。当然，他已不是皇帝，被移居在一个地方，成为一个"闲人"。似乎，这一切都圆满结束了，是一个"老有所养，新有所为"的格局，但悲剧的大幕这时才拉开了一角，等待着新老皇帝的，是几年后的一场殊死的拼杀。

公元1457年2月，当明景帝经历了立太子之争、太子朱见济夭亡、新皇后死去这一系列的痛楚之后，自己也患了重病。此时，经石亨、徐有贞等人密谋策划，几百名禁军赶到老皇帝的住地，将老皇帝抬上轿子，拥到大殿，宣布复辟（对此阴谋，老皇帝英宗是不是事先丝毫不知，值得怀疑）。明景帝被囚贬，并于公元 1457 年3 月 14 日死去，有说是被太监活活勒死的。不管怎么说，明英宗的手是没有软，他不允许再发生复辟的这种情况。

翻开《明史》，明景帝得到的评价是这样的："景帝当倥偬之时，奉命居摄，旋正大位以系人心，事之权而得其正者也。笃任贤能，励精政治，强寇深入而宗社乂安，再造之绩良云伟矣。而乃汲汲易储，南内深锢，朝谒不许，恩谊恝然。终于与疾齐宫，小人乘间窃发，事起仓促，不克以令名终。惜夫！"这个评价，看上去是"一分为二"，说到了他的功劳，也说到了他的缺点，总体上是一种同情的基调，一种惋惜的情感。

有人说，封建皇帝的悲剧是不值得同情的，这是因为：第一，皇帝为了维持封建王朝的统治，是要杀人的，被杀的人中包括不少百姓和好官，没有罪的皇帝是很少的；第二，皇帝的悲剧，实际上是封建体制的悲剧，皇帝不过是封建体制的牺牲品；第三，许多皇帝的悲剧是自己导致的，自己是悲剧的编导，又是悲剧中的主角。还会有人说：封建帝王顺利在位时的享受已经超出了常

189

人，逆境中的苦难是苍天的安排，是"均衡苦乐"法则在起作用。以上这些"说法"，不能说没道理，但显然一切还不那么简单。如果把一个人放在特定的历史背景下看，放在历史的客观局限不可超越这种条件下看，明景帝的悲剧不仅是值得同情的，而且是不同一般的慧壮。

明景帝与一般皇帝的悲剧有很多不同之处，这中间，最大的不同，是他在生死存亡之际，挑起重担，成为了抗击外来入侵关键时刻的首领，支持他的是主战派于谦等人，而不是投降派和逃亡派。不仅如此，在他将老皇帝迎回来的过程中，于谦也是支持他这样做的。于谦是个光明磊落的人，也是一个刚烈正直的人。于谦用自己的生命，实践了他在《咏煤炭》一诗中所写"鼎彝元赖生成力，铁石犹存死后心"的志向。但是，明景帝和于谦都打错了算盘。几年之后，置他们于死地的关键人物中，就有当年主张退让和重走宋朝旧路的向南迁都的"大官"徐有贞等一班人马。在"算旧账"中，明朝的大功臣于谦被公开斩首。明景帝的命运与主战将领的命运如此紧密地系在一起，真正是做到了患难与共，也说明了明景帝的悲剧所具有的独特震撼力。

明景帝悲剧的成因之中，还有一点是不容忽视的，这就是明景帝走了与宋高宗相反的一条路，即不让老皇帝客死他乡，而是把老皇帝迎了回来。这样做并不算不对，但客观上为自己留下了后患。老皇帝自己犯了错误，上了王振的当，成了瓦剌首领的俘虏，临危受命的是明景帝和于谦等大臣将士，迎回来本已是灰溜溜的了，7年的幽禁生活也算是一种惩罚。尽管明景帝迎回老皇帝不是那么情愿，但毕竟是为老皇帝打开了城门；尽管明景帝使明英宗过了几年无权无势、不显尊贵的日子，但毕竟不忍心对自己的兄长下手，没有对兄长采取非常手段。而明英宗第二次上台，是不是手软呢？不是，明景帝的死，就是一个历史的疑点。明英宗是复辟上来的，他就不怕明景帝以后有朝一日也来个再上台？"不留后患"，这四个字显然左右了明英宗，帮着明英宗复辟的人也会给明英宗一种强烈的压力：不能留下后患。

　　"高处不胜寒"，这句话的深刻含义是一般人难以体会和品味到的。既在封建社会的"高处"，而又心存善良，不知不懂封建体制里的重重杀机，明景帝又何以安身立命？封建社会本身，是要吃人的。封建皇帝，开明些的会少犯错误，少杀好人，昏庸些的会多犯错误，多杀好人。也就是这样一个区别而已。封建皇帝中的一些人，自己有时候也会成为牺牲品，会"自食其果"，这是他们所没有想到的。明景帝算是一个比较开明的皇帝，他的悲剧，是个人的悲剧，更是封建社会整个体制的悲剧。

明景帝只活了29岁，在位也不过8年时间，无论寿命，无论在位时间，都可谓"短命"。但仅因"短命"还不足以让人同情。因为明朝从公元1368年兴，到公元1644年亡，这期间的所有皇帝中，只有5位活过40岁，其余都在40岁以前以各种原因死去。英宗也不过活了38岁。但是，像明景帝这种经历，这种外来入侵当头时受命、于危难之中挺身而出却落得如此结局的经历，实在是令人掩卷长思。

读《明史》，评说到明景帝，总离不了于谦这个人的相伴。明景帝是非常信赖于谦的，连于谦病了都要派人轮班探望，还"亲幸万岁山，伐竹取沥以赐"。于谦一心为国家，家境清贫。在于谦遭难抄家时，他的政敌发现，于谦"家无余赀"。于谦不只是清贫，更有傲骨正气。于谦曾写有一首《北风吹》，以"柏树"自喻自励："北风吹，吹我庭前柏树枝。树坚不怕风吹动，节操棱棱还自持。冰霜历尽心不移，况复阳和景渐宣。闲花野草尚葳蕤，风吹柏树将何为？北风吹，能几时？"诗中的威言方正、大义凛然之气，有种震撼的力量。于谦被杀，"阴霾四合,天下冤之"。在后人,谈及这段"往事",默念起于谦"粉骨碎身浑不怕，要留清白在人间"的豪言壮语，心绪确难平息。

张居正：
为谁忙碌为谁留？

　　读各类史书上关于张居正这个人的评论，印象最深的，是《剑桥中国明代史》上的一句话："张居正在 47 岁时成了首辅。他就要开始他 10 年的施政；他这 10 年的施政可以被看作明王朝暮色中的最后的耀眼光辉。"

　　张居正，字叔大，江陵人。《明史》上说他"少颖敏绝伦"，很年轻时就被地方官员称赞为"国器也"。嘉靖二十六年（公元1547）为进士。后得到徐阶等人的推举，日益被朝廷器重。在明隆庆帝一朝，朝中的重臣徐阶和高拱明争暗斗，张居正左右逢源，谁都不得罪，几乎没有受到直接的牵连和影响。不仅如此，他还有了观察政治风云、锻炼参政才干的初始机遇，但此时他的地位并不十分重要。张居正大显身手，大展风采，是在明神宗万历帝一朝的前期。

公元 1573 年，明神宗朱翊钧登基时，只是个 10 岁的孩子。正因为此，在张居正看来，被皇帝一口一个"先生"地叫，师道尊严，也没什么不妥当。明神宗的这种尊敬，与 10 年后张居正病逝，在一片攻击声中，来了个突然翻脸，不但从政治上加以否定，还查抄了张家，"录其口，锢其门，子女多遁避空室中"，形成了巨大的反差，也为后人留下了一个谜：在明神宗和张居正之间，发生了什么事？

先说这朱翊钧的来历。朱翊钧是穆宗的儿子，母亲李氏。朱翊钧生于嘉靖四十二年 (1563 年)。因为两位兄长早已去世，朱翊钧就具备了被立为皇太子的机会。隆庆二年 (1568 年)，张居正以内阁辅臣的身份，向穆宗上《请册立东宫疏》，建议立朱翊钧为皇太子。张居正的建议被穆宗采纳，朱翊钧被立为皇太子。穆宗颁诏天下，重申了"预定储贰，所以隆国本系人心"的道理。这时的朱翊钧是个 6 岁的孩子。在立皇太子问题上，张居正是立了头功的，这一点，朱翊钧长大后知道，朱翊钧的生母李贵妃知道，其他大臣也知道。这种"知道"，实在是件很重要的"伏笔"，它不仅决定了君臣关系的特殊性，更使张居正容易产生"骄狂之气"，也为自己身后成为"争议人物"作了不同一般的"铺垫"。

公元 1572 年，穆宗患病。临终之际，穆宗没有忘记安排"后事"中最关键的"大事"，内阁辅臣高拱、张居正、高仪三人被召唤到宫里，接受遗嘱。穆宗给皇太子和三位大臣各留了一道遗嘱。穆宗叮咛皇太子"要依三辅臣，并司礼监辅导，进学修德，用贤使能，无事怠荒，保守帝业"，叮嘱三辅臣"朕今付之卿等三臣，同司礼监协办辅佐，遵守祖制，保固皇图。卿等功在社稷，万世不泯"。皇帝托孤，情真意切，三位大臣诚惶诚恐。明眼人都注意到了一个"特别之处"：这两个遗嘱中，都点出了一个"司礼监"。此人是谁？太监冯保。而恰恰是，这位冯保与张居正关系不同一般，两人一直结交甚密。《明史》载："穆宗不豫，居正与保密处分后事，引保为内助。"

穆宗死后，朱翊钧顺理成章地继承了皇位。在新的权力分割中，张居正又与冯保结成了同盟。他们的对手，是首辅高拱。在这场斗争中，高仪当了"中立派"。结果，高拱得了一个"回籍闲住，不许停留"的"圣旨"。高拱一倒，高仪也吓病了，不久便吐血而死。这三位辅臣，就剩下张居正了，又顺理成章地成了内阁元辅。朱翊钧对张居正说："凡事要先生尽心辅佐。"

这句话，使张居正开始了极度劳碌的历程，也开始了积累怨恨的历程。《明史》载："帝虚己委居正，居正亦慨然以天下为己任，中外想望丰采。"他在给小皇帝的第一份奏疏上写道："人臣之道，必秉公为国，不恤其私，乃谓之忠。""今伏荷皇上天语谆谆，恩若父子，自非木石，能不奋励！臣之区区，但当矢坚素履，罄竭猷为。为祖宗谨守成宪，不敢以臆见纷更；为国家爱养人才，不敢以私意用舍。"这番话，说得非常到位，也可说是城府很深。

如果说张居正当年为立皇太子有恩于明神宗，算是第一恩，那么，这第二恩便是给新皇帝的生母李贵妃一个"正名"。《明史》载："保欲媚帝生母李贵妃，风居正以并尊。居正不敢违，议尊皇后曰仁圣皇太后，皇贵妃曰慈圣皇太后，两宫遂无别。"冯保和张居正用的办法是"并尊"，对老皇帝的皇后叫"仁圣皇太后"，对老皇帝的贵妃也就是新皇帝的生母叫"慈圣皇太后",《明史》载:"慈圣徒乾清宫,抚视帝,内任保,而大柄悉以委居正。"可以说,张居正的做法,换得了慈圣皇太后的大力支持。

这第三恩,便是与新皇帝的"师生之情"了。张居正对朱翊钧,从"师生"角度讲,可谓尽职尽责。教给新皇帝修身之道和治国安邦的本领,是慈圣皇太后的嘱托,慈圣皇太后给张居正的话是:"我不能视皇帝朝夕,恐不若前者之向学、勤政,有累先帝付托。先生有师保之责,与诸臣异。其为我朝夕纳诲,以辅台德"。为了让年少的皇帝熟悉经史,掌握治国安民之要领,张居正为明神宗细致安排了各类课程。1572 年底,向小皇帝呈献了他编著的《帝鉴图说》。作为写给小皇帝的专用教材,这本书"绘图,以俗语解之",取"善可为德者"八十一事,"恶可为戒者"三十六事,每事一图,配上文字。对"八十一事"和"三十六事",张居正自有解释:"善为阳为吉故九九,从阳数也。恶为阴为凶,故用六六,从阴数也。"编此书的目的是让皇帝"视其善者,取以为师,从之如不及;视其恶者,用以为戒,畏之如探汤。每兴一念,行一事,即稽古以验今,因人而自考。

高山可仰，毋忘终篑之功；覆辙在前，永作后车之戒。"
这本书对明神宗一生都有极深的影响。

张居正对朱翊钧的第四恩，要说是推行新政了。这
场变革，既是张居正蓄意已久一直想做的事业，又合乎
皇帝的心愿。可以说，"万历新政"是万历一朝做的一
件轰轰烈烈的大事，在封建王朝历次变革中，留下了浓
墨重彩的一笔。

早在公元 1568 年，张居正就曾向明穆宗上了《陈
六事疏》，他进言所议的六事是"省议论"、"振纪纲"、"重
诏令"、"核名实"、"固邦本"、"饬武备"。张居正说清
楚了自己的目标所指："近年来风俗人情积习生弊，有
颓靡不振之渐，有积重难返之几，若不稍加改易，恐
无以新天下之耳目，一天下之心志。"比如针对议政中
的弊端，张居正认为"天下之事，虑之贵详，行之贵力，
谋在于众，断在于独"，"一切章奏务从简切，是非可否，
明白直谏，毋得彼此推委，徒托空言"。再比如对用人
之要，张居正提出："用舍进退，一以功实为准。毋徒
眩于声名，毋尽拘于资格，毋摇之以毁誉，毋杂以爱憎，
毋以一事概其平生，毋以一眚掩其大节。"应该说，张
居正的见解，是很不一般的，话也说到了刺耳的程度，

尽管穆宗一朝对这些建议没加理睬，没有给予足够的重视，但在万历一朝，一旦张居正手握重权，这些思想就不再是"一纸空文"了，他开始了大刀阔斧的改革历程。

张居正推行新政，重点突出，有章有法，给人以耳目一新的震撼力。新政主要措施包括：第一，整顿官吏作风，治理官场腐败。第二，整顿教育，培养有用人才。第三，推行经济改革。《明史》称："居正为政，以尊主权、课吏职、信赏罚、一号令为主。""能以智数驭天下，人多乐为之尽。"

应该说，张居正最有作为也最见成效的"新政"，是推行经济改革。经济改革主要内容包括：抑制国家财政和宫廷财政支出，强化对边镇的钱粮及屯田的管理；削减地方驿站开支，抑制宗藩冒领滥支，削减生员的定额；强化中央财政的调控权威，加强中央财政的管理职能；推行清丈田粮，查处偷逃田税者，推广"一条鞭法"，整顿赋役，改善财政状况。张居正的经济改革，实际上是强调了"增收节支"，强调了"聚财理财"。

张居正推行的经济改革，是针对当时严重的经济危机提出来的。从公元 1579 年他请求明神宗批准改革赋役制度所上的《岁赋出入疏》全文，足可以看出张居正的那种扫除积弊的急迫心情：

伏蒙发下票拟章奏，内有户部进呈御览揭帖一本。臣等看得国家财赋正供之数，总计一岁，输之太仓银库者，不过四百三十余万两，而细至吏承纳班，僧道度牒等项，毫厘丝忽皆在其中矣。嘉、隆之间，海内虚耗，公私贮蓄，殊可寒心。自皇上临御以来，躬行俭德，覈实考成，有司催征以时，逋负者少，奸贪犯赃之人严併不贷，加以北房款贡，边费省减，又适有天幸，岁比丰登。故得仓库积贮，稍有赢余。然闾阎之间，已不胜其诛求之扰。臣等方欲俟国用少裕，请皇上特下蠲租之诏，以慰安元元之心。

今查万历五年，岁入四百三十五万九千四百余两，而六年所入，仅三百四十五万九千八百余两，是比旧少进八十余方两矣。五年岁出三百四十九万四千二百余两，而六年所出，乃至三百八十八万八千四百余两，是比旧多用四十万余矣。问之该部云：因各处奏留蠲免数多，及节年追赃人犯，财产已尽，无可完纳，故入数顿少，又两次奉旨取用及凑补金花，拖欠银两计三十余万，皆额外之需，故出数反多也。

夫古者，王制以岁终制国用，量入以为出，计三年所入，必积有一年之余，而后可以待非常之事，无匮乏之虞，乃今一岁所出，反多于所入，如此年复一年，旧积者日渐消磨，新收者日渐短少。目前支持已觉费力，脱一旦有四方水旱之灾，疆场意外之变，何以给之？此皆事不可知，而势之所必至者也。此时欲取之于官，则仓廪所在皆虚，无可措取，欲取之于民，则百姓膏血已竭，难以复支，而民穷势蹙，计乃无聊，天下之患，有不可胜讳者，此臣等所深忧也。

夫天生财，止有此数，设法巧取，不能增多，唯加意撙节，则其用自足。伏望皇上将该部所进揭帖，置之坐隅，时赐省览。总计内外用度，一切无益之费，可省者省之，无功之赏，可罢者罢之，务使岁入之数，常多于所出，以渐复祖宗之旧，庶国用可裕，而民力亦赖以少宽也。鄙谚云："常将有日思无日，莫待无时想有时。"此言虽小，可以喻大。伏惟圣明留意。

张居正主政行令，"虽万里外，朝下而夕奉行"。正因为这种作风，其新政推行之速，也异乎寻常。张居

202

正推行的各项新政措施，最见效的，当属经济改革。据史料记载，太仓银库岁入银两，万历元年（公元1573年）为二百八十一万九千两，到万历九年已达三百七十万四千两，到万历二十年更达到四百五十一万二千两，明王朝的财政状况有了根本性好转。

张居正的"四恩"，的确帮了明神宗的大忙。正因为此，在张居正当权的日子里，明神宗及其生母慈圣皇太后，把能给的一切荣誉、利益和"好听话"都给了张居正，明神宗对张居正到了时刻离不开的程度，用各种方式夸赞他"多劳"、"忠爱"，连张居正回乡料理安葬父亲期间，明神宗还多次催促他早日回来料理朝政，明神宗甚至说："自卿行后，朕倦倦注念，朝夕计日待旋。"幼君老臣，彼此到了朝夕难分的程度，到了在外人看来不可理解的地步，并不是一种正常的情况。对这种"表象"，张居正是否心中有数，后人难以知晓。

在明神宗、皇太后如此重用张居正的同时，反对张居正的声音也一浪高过一浪，这种声音使张居正感到了一种惶恐，更对新政能否最终完成产生了担忧。自从听到了这反对声，张居正就开始采用"以退为进"的战略，一次次向明神宗提出"辞呈"，但每提一次，都带来两个结果：一是提出弹劾张居正的人受到惩罚，二是皇上用好言好语安慰张居正。张居正在反对声中，内心世界已经充满了矛盾，甚至不安，但这时，他已经没有什么退路了。

从反对张居正各项改革措施的人的借口看，多是讲他专权、作威作福和谋私，其背后，又多是因张居正突破了一些旧的框框而引来"看不惯"的目光。这种反对声，多少拐了点"弯"，大概直接冲着新政去，会有些忌讳。

张居正面对一片反对之声，后顾之忧不是没有。读张居正《答湖广巡抚朱谨吾辞建亭书》一文．我们可以听到他那时刻也没有"放下"的心跳声。他在此文中写道："且古之所称不朽者三，若夫恩宠之隆，阀阅之盛，乃流俗之所艳，非不朽之大业也"，"使后世诚有知我者，则所为不朽，固自有在，岂藉建亭而后传乎"，"且盛衰荣瘁，理之常也。时异势殊，陵谷迁变，高台倾，曲池平，虽吾宅第，且不能守，何有于亭？"张居正这篇不赞成别人为自己"树碑立传"的文章，透出来的含意，远比纸面上的东西多。

张居正想"以退为进"，可也总退不下来。据史书记载，明神宗为此也曾犹豫过。有一次，他去请示慈圣皇太后，想讨个"说法"。慈圣皇太后回答："待辅尔到三十岁，那时再作商量。"自然，明神宗仍不能批准张居正辞职的要求。但是，这次明神宗对"待辅尔到三十岁"的说法，心里一定别有一番滋味，自尊心是不是受到了一种刺激，恐怕是无法言表出来的。实际上，一天天长大的明神宗对张居正，也一天天地有了自己的看法。张居正的大权独揽，张居正对日渐长大的明神宗实行"戒游宴以重起居，专精神以广圣嗣"之类的劝告，对明神宗日益增强的自尊心是一种明显的挑战。《明史》上的记载是："慈圣训帝严，每切责之，且曰：'使张先生闻，奈何！'于是帝甚惮居正。及帝渐长，心厌之。"

张居正当权，树了那么多的敌人，也不是没有一点自己的责任。史书上就有"独引相体，倨见九卿，无所延纳"，"居正自夺情后，益偏恣。其所黜陟，多由爱憎。左右用事之人多通贿赂"。这种说法，不一定很准确，但张居正的权力过大又缺少制衡，又不可能不出些毛病。实际上，在封建体制之下，张居正不出一点滥用权力的毛病更是不可能的。

张居正继续执掌朝政，直到万历九年开始生病，又再次提出辞呈。朱翊钧曾希望他"慎加调摄，不妨兼理阁务"。这两年，张居正实际上仍没有放弃权柄，朝政的大事仍由他说了算。这种状况，直至张居正于万历十年夏天病故。

张居正的死，立刻使看似平静的政治舞台又一次激荡起来。首当其冲的是多年来与张居正联盟的司礼监太监冯保。多年来，张、冯联手，呼风唤雨，里应外合，大有登峰造极和无所不能的阵势，甚至连年轻的明神宗都对二人敬畏三分。"倒冯计划"开始出笼，弹劾奏折一件件送了上来，罪状成堆，有理有据，给人一种不严惩不足以安天下的直感。面对"水到渠成"的态势，明神宗降旨："冯保欺君蠹国，罪恶深重，本当显戮。念系皇考付托，效劳日久，姑从宽著降奉御，发南京新房闲住。"

冯保的倒台，使明廷朝中气氛顿变，连锁反应便是一次翻案。翻什么案？翻张居正的案。人虽死，事情并不算完。明神宗开始也不想把张居正的案子翻得太过，但由于张居正实施新政以来树敌太多，加上"墙倒众人推"，明神宗还是下令查抄了张家，处理了张居正的一系列亲信，并于公元 1584 年为张居正"定了性质"：

"张居正诬蔑亲藩，侵夺王坟府第，箝制言官，蔽塞朕聪。私占废辽地亩，假以丈量，庶希骚动海内。专权乱政，罔上负恩，谋国不忠。本当断棺戮尸，念效劳有年，姑免尽法追论。伊属张居易、张嗣修、张顺、张书都着永戍烟瘴地面，永远充军。"对张居正的这段"结论"，想必明神宗一定也反复斟酌了很久。这里，有"推卸责任"的"潜台词"，也有"平息舆论"的"政治需要"，更有"网开一面"的"师生情结"。

张居正的一生，只活了58岁。说他是忧国忧民，不能说不是；说他是积劳成疾，不能说不是；说他是处心积虑，不能说不是。从"忠奸"角度看，不能算"奸"；从"廉贪"角度看，不能算"廉"；从"功过"角度看，"功"大于过；从"公私"角度看，"公"在朝政，"私"在弄权。"张居正为相，治河委潘季驯，安边委李成梁、戚继光、俞大猷。太仓粟支十年，太仆积贮至四百万。及其籍没，家赀不及严嵩二十之一。然能治国，不能服人。法度虽严，非议四起。"这段评论，应该说还不失公道。《明史》上评价，张居正"勇敢任事，豪杰自许。然沉深有城府，莫能测也"。这个说法，更证明他人难以看到其更多的内在，也就不容易将这个"内外有别"的人物把握明细了。如此看来，张居正是一个复杂的人物，"说清楚"很难。对古代大凡大有作为的政治家，都不可用一般处世为人之标准来要求。在某一个方面，"有缺陷"，或者"缺陷突出"，实在是不可见怪。《明史》上说张居正"威柄之操，几于震主，卒致祸发身后"。看张居正，"推行新政"这个"大作为"已经闪闪发光，而过于苛求他的"完美"，既不现实，更不公平。"张居正的失败是注定的，当时的社会背景绝不允许他成功。他失败后，10 年的改革成果，逐渐化为乌有。一切恢复原状，黄河照旧泛滥，戚继光被逐，边防军腐败如故，守旧的士大夫、乡绅、宦官，一个个额手称庆。"这番话是柏杨先生在《中国人史纲》里说的。由此，人们自然会想起王安石。王安石也是不甘现状的人，也是冲锋陷阵的人，但最终也不为那个时代所容。张居正在万历一朝，没有能够得到客观的评价。《明史》说"终万历世，无敢白居正者"。直到 17 世纪初的明熹宗时期，朝中才有人开始为张居正鸣不平，但也只是"稍稍追述之"。张居正真正被平反，得到比较高的评价，是在明王朝执政的尾声明崇祯帝时期，"肩劳任怨，举废饬弛，弼成万历初年之治。其时中外乂安，海内殷阜，纪纲法度莫不修明。功在社稷，日久论定，人益追思"的评价，为后世留下了长长的叹息声。

值得一提的是，张居正曾在《帝鉴图说》中，引用过《宋史》中对王安石"新法"不公正评价的事例"轸念流民"："神宗时东北大旱，诏求直言，郑侠上流民图，疏奏，帝反复观图，长吁数四，袖以入内，是夕寝不能寐，翌日遂命开封体勘新法不便者，凡十有八事罢之，民间欢呼相贺。是日果大雨，远近沾洽。"王安石变法，立意是为了抑制豪强，造福百姓，富国强兵，但遭到了保守势力的激烈反对。郑侠借天旱之机向宋神宗上《流民图》，目的是为了攻击王安石的新法。当然，王安石在新法实施和执行过程中也有方式、方法不当的地方。

天下的巧事，恰恰都让人碰上了：王安石变法，面对的是宋神宗；张居正变法，面对的是明神宗。两个"神宗"，隔了几百年，竟连着两个非凡的但都有争议的变革家。张居正编写《帝鉴图说》，竟以此当成宋神宗"开明"的事例教育小皇帝明神宗，实在是缺乏政治远见。张居正自己怎么也想不到，过些年后，他自己也有同样的"结局"。张居正没有想到的是，他自己就是王安石变法精神的继承者，是王安石之后的又一位王安石。王安石活了66岁，张居正活了58岁。他们二人，一个过了"耳顺"之年，生活在11世纪，一个过了"知天命"之年，生活在16世纪。实际上，他们是不同时代的同路人。从王安石到张居正，两个人的结局，同样令后人深思。有一句话，说得贴切：像王安石和张居正这类人，在封建社会里，是"功在国家，难在身家"。在今天，如果要"总而言之"地评价张居正这个人，一定要注意对他推行新政、以图富国强兵目标的功绩进行深入的分析和研究。这一点，万万忽视不得。

严嵩:

迟来的末日

在中国，老百姓茶余饭后谈起古时候的朝政，只要一触及"奸臣"这两个字，数不到几个人，便必有严嵩。这也足见严嵩为奸的功夫不浅。严嵩活着时挨的骂，比不上刚死不久挨的骂多；严嵩死了几百年后挨的骂，比当初他刚死时还要多。这种骂名渐大渐响的效果，实在是严嵩的同代人上至皇帝下至群臣所未曾料想到的。读过《明史》的人，很难不恨严嵩父子。但是，又很少有人深想另一个问题：严嵩为奸的机会是谁给的？这样一个作恶多端的人，为什么有那么长的时间、那么

211

多的机会误国乱政、贪财害民？

对这个问题，会有人觉得不难回答：还不是那个宠他、看不透他的嘉靖皇帝！用这么一句回答，实在是过于简单了。

实际上，如果"由表及里"来分析，如果"翻箱倒柜"来查找，严嵩对于嘉靖皇帝，嘉靖皇帝对于严嵩，是一种互依互存、互需互求的关系。而这种关系，在人们大骂严嵩的时候，往往被忽略掉了。

在明朝的历史上，16个皇帝中，嘉靖皇帝不仅算是长寿的，在位时间也长达45年。除了万历帝，便数他坐天下长了。这近半个世纪，明朝正值盛年，许多重大历史事件就发生在这个时段上：如御倭战争中，胡宗宪、戚继光等抗倭将领展示军事才能；如限制宦官，还权内阁，革除冗官，清理庄田；如海瑞上书获罪，震动朝野，等等。从社会、经济发展上看，从政治、军事等方面看，这近半个世纪，都在明朝几百年乃至中国两千多年封建史上，留下了不容忽视的一笔。有的史学家对嘉靖皇帝作过一个评价：功过相当。换句话说，是"五五开"。如果此论成立，那么，我们完全可以说，严嵩弄权，因其带来的祸国殃民之过之错，在嘉靖皇帝的过错往来账目上，在后一个"五"里，占了很不小的比例。因为嘉靖皇帝执政的 45 年间，严嵩从跻身阁臣（公元 1542 年），而后成为内阁首辅，到终遭罢相（公元 1562 年），这 20 年，严嵩前前后后做了许许多多令人愤恨的坏事。这些坏事，既记在了严嵩个人的账上，也记在了嘉靖帝的账上。

严嵩是怎样爬上来的呢？说来话长。严嵩，字惟中，号介溪，江西省分宜县人，弘治十八年（公元 1505 年）进士，诗词、书法都有一定功底。史载严嵩身材瘦长，声如洪钟。为官伊始，严嵩不过是个小小的翰林院编修。可以说，在孝宗、武宗两朝，严嵩不算得志，并没有"大施拳脚"的机会。严嵩的时来运转，全在嘉靖一朝。嘉靖元年（公元 1522 年），严嵩升为南京翰林院侍读、掌院事。嘉靖四年，出任国子监祭酒。嘉靖七年，又升为礼部右侍郎。嘉靖十年，再升为南京礼部尚书（后又改任南京吏部尚书）。嘉靖十五年，由南京吏部尚书改为礼部尚书。嘉靖二十一年，严嵩以武英殿大学士身份，入直文渊阁，步入阁臣行列。嘉靖二十三年，严嵩成为内阁首辅。尽管其后又有过暂时失宠的时候，但总的情势，严嵩已步入最高决策层面，成为能够左右朝政、呼风唤雨的"大人物"。这种"大人物"的地位，一直持续到嘉靖四十一年。在长达40年的时间里，嘉靖皇帝使严嵩步步高升，一天天权重，对严嵩，嘉靖皇帝可谓"恩重如山"。严嵩的手段，是不是高明得"不得了"不好论断，但是嘉靖皇帝真吃他那一套确是不容争辩的事实。这一套做法，概括起来，是三条：一曰"逢迎媚上"，投嘉靖皇帝之所好；二曰"陷害忠良"，将"明白"和"清白"的人排挤掉甚至杀掉；三曰"勾结同类"，包括皇帝身边的大小太监，上欺下压的"小集团"。这三种做法，比之历朝历代之奸臣，算不上"创新"，严嵩不过是"大继承、小发展"，但是，经严嵩之手，这些东西却比在历朝历代都管用，都出"效益"。这些东西，在嘉靖一朝竟然是"异彩大放"。嘉靖皇帝最后也放弃了严嵩，但这一来已经太晚，二来严嵩亦太老，放弃的实际意义已不大了。换句话说，即使让严嵩再在政治舞台上闹腾一阵子，也闹腾不到什么地步了。因而，这种放弃，根本不是什么嘉靖皇帝的正经功劳，反倒是嘉靖皇帝自己的一种悲哀。

令人感到有意思的是，40多年中，嘉靖皇帝对严嵩的态度，也是大信任中有小不信任，大信任中有小疑虑，严嵩大得宠中亦有小危机感。但严嵩都走过来了。这个过程中，大臣夏言与严嵩斗，李默与严嵩斗，沈炼与严嵩斗，杨继盛与严嵩斗，大都仅使严嵩权位晃动了一下，让嘉靖皇帝心里打几个转转，咯噔几下，但最终还是舍不得严嵩。当然，严嵩的对手必然落个败北告终的下场。这几个回合，严嵩作为胜者，没有放过自己的任何一个对手，对手们的下场都是十分惨烈的，大都是"家破人亡"。人们在同情被害者的同时，更加痛恨严嵩的奸邪，也更加对嘉靖皇帝的"糊涂"感到不可理解。是嘉靖皇帝没有看到事情的真相，还是嘉靖皇帝本身就不想看到事情的真相？这里面是很有文章的。

嘉靖皇帝不辨是非黑白，不分忠良奸邪，在对待严嵩问题上，表现得淋漓尽致。早在嘉靖十九年，当严嵩羽翼未丰之时，御史谢瑜就上疏："嵩矫饰浮词，欺罔君上，箝制言官。且援明堂大礼，南巡盛事为解，而谓诸臣中无为陛下任事者，欲以激圣怒。奸状显然。"这个"警告"不能说不早，如果嘉靖皇帝英明，从这时就悉心观察严嵩，予以足够的注意，事情哪会发展到不可收拾的境地？严嵩如何能敛得黄金三万两、白银二百万两？夏言、李默、沈炼、杨继盛等人何以落得如此悲惨结局？这不怪嘉靖皇帝又怪谁？

我们再看看大臣沈炼的"弹劾状"："纳将帅之贿，以启边陲之衅，一也。受诸王赇遗，每事阴为之地，二也。揽吏部之权，虽州县小吏亦皆货取，致官方大坏，三也。索抚按之岁例，致有司递相承奉，而闾阎之财日削，四也。阴制谏官，俾不敢直言，五也。妒贤嫉能，一忤其意，必致之死，六也。纵子受财，敛怨天下，七也。运财还家，月无虚日，致道途驿骚，八也。久居政府，擅宠害政，九也。不能协谋天讨，上贻君父忧，十也。"这个"弹劾状"，不能说不深刻，如果嘉靖皇帝听进去一二，也会对严嵩有所约束，有所警惕，有所钳制，而不会使其猖狂那么久，让天下人如此寒心！

兼听则明，偏听则暗。谈到嘉靖皇帝对严嵩的纵容和严嵩对批评言论的封杀，很容易使人想起周厉王这个人。周厉王本来是个惨无人道的暴君，做了不少坏事，他更是听不进去不同的意见。大臣中有个叫邵穆公的，敢于说实话。一天，他对周厉王说："民不堪命矣！"就是说老百姓已经受不了他的暴虐的政令了。周厉王听了大怒，找来了一个神巫，整天监督说"坏话"的人，发现谁说了对自己不满的话，就把谁杀掉。不久，"效果"

就出来了："国人莫敢言，道路以目。"不但没人敢说什么了，就是人们在道路上见了面，彼此也只敢用眼睛示意，口都不敢开了。周厉王看到这个"效果"，非常得意。他对邵穆公说："吾能弭谤矣。乃不敢言。"邵穆公听了这胡言乱语，直率地表明自己的态度："是障之也。防民之口，甚于防川。川壅而溃，伤人必多。民亦如此。"这番话是说，不是老百姓不说话，是你把他们的嘴堵住了。堵老百姓的嘴巴，比堵塞江河的后果还要严重。堵塞江河，一旦堤坝决了口，就会伤害许多人的性命，堵塞老百姓的嘴巴，道理也是一样的呀！

邵穆公反问周厉王："夫民虑之于心而宣之于口，成而行之，胡可壅也？若壅其口，其与能几何？"是啊，老百姓心里想的东西，总是要说出来，用堵塞的办法，今天不能说，明天不能说，这样能长久吗？周厉王当然还是听不进去，结果呢，过了三年，他就被驱逐到了彘地。

严嵩的结局，也说明了堵塞言路的失败。当然，严嵩的末日是迟来的末日。这个末日的到来，还多亏了大臣徐阶。足智多谋的徐阶用外弛内紧的办法，从审查严嵩之子严世蕃的罪过入手，将绳索一环环地套牢在严氏

217

父子的脖子上。这次嘉靖皇帝下了决心，终于明确表态："人恶严嵩久矣。朕以其力赞玄修，奉君爱国，特加优眷。乃纵逆丑负朕，其令致仕予传去，岁给禄百石，下世荫等锦衣狱。"短短几句"圣言"，虽说还有几分"暧昧"，还夸了他"力赞玄修"、"奉君爱国"，但毕竟是个"拿下"的明示，这当然决定了严氏父子的命运。可惜这"拿下"的指令下得太迟了。"恶有恶报"，作恶者为所欲为几十年后再遭报应又有什么用？嘉靖皇帝对严嵩的放弃，几分无奈几分情愿还真说不清楚。在中国封建社会的历史上，像嘉靖皇帝这样用宠臣而又不得不放弃宠臣的人，当然不止他一个，但就其心态之复杂程度，恐怕没人能比得了嘉靖皇帝。嘉靖皇帝"台面"上说的这番"拿下"的话尚且"拖泥带水"，私底下究竟是怎么一种滋味，很可能会是别人无法品味到的。

不管怎么说，嘉靖一朝（公元 1522—1566 年），嘉靖皇帝的一生，算是与严嵩分不开了。除去最后的几年，谈嘉靖朝政和嘉靖的政治生涯，离不开严嵩这个人物。说严嵩是嘉靖皇帝培养出来的奸臣，是过了点头。说严嵩是嘉靖皇帝包庇、纵容出来的奸臣，一点也不过分。

郑和：
身后的航海图为何被焚毁？

翻开中小学生的语文和历史课本，我们很容易认识这样一些人物：仓颉、黄道婆、张衡、华佗、蔡伦、毕升、李时珍、祖冲之、郑和……他们的名字之所以无比响亮，是因为他们都在某一领域对人类作出了重大贡献。

郑和是离我们较近的人物之一。

在中国人的心目中，郑和是一位了不起的航海家。在世界航海史上，郑和的贡献也留下了重重的一笔。从公元 1405 年到 1433 年，郑和曾七下西洋，平均每次航海的时间约一年半以上。他率领的船队，穿马六甲海峡，巡印度洋，抵波斯湾，靠非洲海岸，沟通了中国与几十个国家的政治和经贸往来。船队将中国的绸缎、铜钱、瓷器、樟脑等产品带到了世界各国，也将世界各国的香料、珍宝、药品等产品运回了中国。

郑和的不凡在于他敢于面对大海。在当时，大海是无比神秘的。人们对大海的认识的好奇心是非常大的。不仅如此，大海还隔绝着人类社会各国之间的往来，不认识大海，没有一批大海的探险者，人类的交往、发展和进步就会受到影响。

令人不可思议的是，郑和所率的船队，不仅是浩浩荡荡的，而且是庞然大物。书载，郑和首航时的船队，最大的船，长440英尺，宽186英尺。即使在今天，这样的船都是相当可观的。可以料想，在他后几次的航海中，船很可能会更大一些。因为经过了航海实践，造船技术会进一步得到提高和发展。

郑和在永乐帝一朝的6次壮观的海上远征，分别是在1405年、1407年、1409年、1413年、1417年、1421年。这支船队往返搭载了许许多多的国外使团，使北京成为世界外交的一个重要舞台。而最后一次远航的指令，是刚登基4年的宣德皇帝1430年6月下达的。据说原因是宣德皇帝觉得当时朝贡的国家太少了，要再出海扩大影响。最后一次的船队，集结竟用了一年半的时间。1433 年 6 月，年过六旬的郑和中途回到了国内。而这支船队又在海上航行了一段时间。船队带回了异国的宝石和其他产品。1433 年，又出现了一个国外使团访问北京的高潮。

明朝的开国皇帝朱元璋是个不开放的人物，对外来事物有一种惧怕的心理，为了限制海上交通，他曾下令"一片木板都不准出海"。这种思想基础，一直影响着明朝的历任皇帝。永乐帝为什么让郑和六下西洋，宣德帝为何又在近十年后下达第七次远航的指令，这样的壮举为什么后来偃旗息鼓了？这几个问题很值得细细琢磨。

就事实来说，郑和下西洋，可以肯定的地方很多。

从当时历史情况看，明永乐帝主动冲破"祖训"，与海外诸邦沟通往来，开启长久封闭的国门，能够派出如此庞大的船队扬帆远航，进行政治、外交和文化的交流，无论如何，这是值得肯定的一种主动而积极地与世界接触的举动。一定意义上讲，是划时代的。同时，明时的中国是个以农村自然经济为基础的国家，建造和拥有如此强大的远航船队，虽然带出和带进的物品有限，但能够大规模地出海交换产品本身，已说明了中国与世界开展海上贸易的契机是存在的。

归纳起来说，郑和七下西洋，历时28年，他一生的黄金岁月都献给了航海事业。论功绩，他七下西洋，贡献可谓不小：第一，使中国与东南亚、印度半岛、阿拉伯和东非30余国建立了邦交和经贸联系。第二，为中国手工业和商业的发展拓展了新的市场，促进了资本主义萌芽的发展。第三，证明了中国航海技术在世界的领先地位，推动了中国航海技术水平的进一步提高，积累了航海的实践经验。第四，通过扩大与海上诸国的来往，促进了各国文化的交流。

就中国青花瓷器的对外传播来说，郑和的贡献非同一般。在当时，郑和每次出海带去的瓷器中，外国人对青花瓷最感兴趣。现代考古发现，凡是郑和船队到过的国家和地区，都有青花瓷的残片出土。经历数百年后，一些国家还保留了部分完整无缺的青花瓷，成了传世珍品。郑和下西洋，不仅刺激了国内青花瓷生产的发展，更提高了青花瓷的制作技术和艺术水平。这在一个侧面，也反映了郑和下西洋的成果。

后人分析郑和下西洋，也常讲另外两个原因：

一、明朝到永乐帝时，正是盛期，永乐帝在经历 3 年的内战夺取政权之后，违背了朱元璋确立的把一些国家列为"永不征伐"的政策，南攻北征，显示富强和实力。让郑和下西洋，不只是要发展一种有限度的海上商业，而同时要建立一种全方位的"进贡"关系，扩大在更大范围的政治影响力。

二、为了寻找被废黜的或许逃亡海外的建文帝。三年内战，永乐帝的部队虽然攻破了南京城，但只找到了几具被大火烧焦了的被认为是建文帝等人的尸体。传说永乐帝不相信建文帝真的被烧死了，怀疑有可能逃往了海外。如果建文帝真的活着，将对永乐政权是一个威胁。郑和是永乐帝的亲信，派他去寻找建文帝下落，是比较放心的。

郑和在不到 30 年的时间里，使半个地球留下了中国船队的航迹。《剑桥中国明史》说："他进行了十五世纪末欧洲的地理大发现的航行以前，世界历史上规模最大的一系列海上探险。"明朝对中国人出海到国外定居或经商的禁令一直执行着。这种禁令的存在，证明了执政者思想上用封闭的方法维持社会和经济秩序的需要，与炫耀富强和权威的需要之间的冲突。正是这种冲突，才酝酿了不少王公大臣反对这种航行和永乐帝、宣德帝支持这种航行的矛盾。郑和之后，明朝再未派遣大型船队出洋，船员被遣散，舰船搁置废烂。不仅如此，成套的航海图也被兵部尚书刘大夏焚毁。

联想到中国近代海上战争的屡次惨败，人们时常会对这一结局表示极大的遗憾。人们进而推想，如果这样的船队一直航行下去，不断对舰船进行改进，造船业不断发展，怎么会有几百年后的一系列的海战耻辱？虽然这样的推想只是"推想"，但多年来，人们还是一直试图分析这一悲剧的深层原因。有人认为，郑和船队的出航加大了政府财政负担，政府财政实在是再无法承受了。有人认为，是因为当年沿海地区承受不了造船和供给的压力，从而形成了强大的反对力量。还有人认为，是因为更换了想法不同的皇帝，等等。

郑和一生历明朝洪武、建文、永乐、洪熙、宣德五朝。这期间，明朝政治统治逐渐巩固，经济也获得了一定程度的发展，应该说，伟大的航海家诞生的条件是具备的。但是，如果冷静地考虑问题，我们会发现，明朝农村自然经济条件下，商品经济的不发达，经济上低水平自足自给的状况，在此基础上的多数人的传统观念，是明朝不可能将远洋船队支撑下去的根本原因。郑和能够率大型船队出海，只是说明中国当时有能力制造远航的舰船，有因种种原因作出这个决策的皇帝和一批勇于探险的志士，并不是说中国已有了非要大力发展大型船队的内在动力和外在压力。

雍正：
"正"与"不正"

　　谈清朝的雍正皇帝，实在是个相当艰难的话题。雍正这个名字，无论是在正史里，还是在野史里，似乎都已很有"知名度"，许多人有"许多"的看法。中国两千年封建史，大雾弥漫的日子是不少的，其实，许多的历史之谜就藏在这层层大雾之中。可以这么说：雍正不仅自己身处雾中，而他自己还是造雾者。说他身处雾中，是因为雍正的前半生，从 1678 年出生，到 1723 年在太和殿登极正式继承皇位，这 44 年的漫长岁月，大清国在康熙皇帝统治的盛世名下，隐隐约约的似见非见的东西实在是太多；说雍正自己是造雾者，是在他上台过程及执政后的 13 年中，他的行为有着许多自己没有说清同时别人也道不明白的疑点，他精心制作的为自己"说清楚"的《大义觉迷录》被有的史学家说成了"越堵越漏"，成了自己为自己发的低水平的"宣传品"，这些自造大雾的账，当然要记在雍正自己头上。

雍正之前，是康熙；雍正之后，是乾隆。雍正在位 13 年，他前后所处的时代，自给自足的封建经济仍占主要地位，出现资本主义萌芽的手工业部门和地区虽然比明朝多一些，但严厉的限制对外贸易的闭关政策，使中国失去了与国外进行经济和技术交流的主动权；残酷的封建剥削，使农民极端贫困，无力购买手工业品；地主和商人聚集起来的钱财，大多购置了田产，没有用于扩大手工业再生产。但由于出现了一个相对安定的社会环境，就以农业为主导的封建经济规模而言，这一时期，是有一定家底的。这就是康熙、雍正、乾隆三朝（史称康乾盛世）的经济基础。这种经济基础，说厚也厚，说薄也薄。

对雍正不正的议论和评价，在野史，在民间俗世表现得最为突出。这中间，正统的思想起了关键作用。

还可以这么说，人们对雍正的评价，在野史、民间俗世，很少是从他为帝执政的功过上看的，盯住的竟是他怎么当上皇帝这个问题，改诏说最广，弑父说也有流传。雍正的奸诈阴险，雍正的残暴无情，雍正的心狠手辣，充斥于这些议论和评价之中。的确，在康熙大帝的全部 35 个儿子中，位次不前不后的皇四子能在几乎是你死我活的激烈竞争中握定胜局，不能不说是个令不少人感到意外的事。康熙皇帝在立太子问题上，可谓伤透了脑筋，也伤透了心。康熙在 1675 年曾立胤礽为太子，1708 年，第一次废太子，几年后又复立，之后再废，几十年间，诸子争夺不休，一些大臣在权力的旋涡中或丧命或失势，众皇子也经历着惊心动魄的宫廷斗争考验。就连康熙大帝也长叹自己"心思用尽，容颜清减"。宫廷斗争，杀机四伏。在这个明争暗斗的过程中，皇四子胤禛渐渐形成了自己的小集团，这个小集团的主要成员包括年羹尧、戴铎、隆科多，等等。尽管这些人后来的下场大都不太好，但在当年，没有这些人的帮助，皇四子也只是皇四子，就没有后来的雍正皇帝。

雍正的确有两面派的本领。至少说，他有两个截然不同的内心世界，一个是给他人和父兄看的，一个是给自己和同党看的。在众皇子对未来皇位的争夺战中，他给外人的感觉是"胸无大志"。他曾写出这样的诗句："懒问沉浮事，间娱花柳朝。吴儿调凤曲，越女按鸾萧。道许山僧访，棋将野叟招。漆园非所慕，适志即逍遥。"这哪里是想成就帝王大业的人，他的轻松外表，蒙蔽了不少人，包括他的父亲康熙皇帝。正因为此，当康熙皇帝于公元1722年"升遐"后，很少有人在听到皇四子胤禛即位"上谕"而不惊。不少人反复琢磨着这个表述："皇四子人品贵重，深肖朕躬，必能克承大统，著继朕即皇帝位。"这之后，便很快有了种种疑点在朝野各方人士的心中翻滚。另外，关于康熙皇帝死时的记载，虽然大的事实看不出什么破绽，但别人还是从中附和出了一些"说法"。不管是说雍正篡改了遗诏的说法，还是用毒药参汤害死其父康熙的说法，这些"民间"的"谣言"在有些人那里，证实不证实的效果几乎是一样的：雍正得到的皇位"来路不正"。不论怎么说，总是有人认为，雍正得国不义，不承认他是"名正言顺"得天下。皇四子上台，出人预料，人们感到"不顺"，"不得体"，并不难理解。问题的关键，是老皇帝康熙的后期，为了争夺继承权，一些皇子的周围都围了一批拥护者，都在窥伺着皇帝的宝座，皇四子的"成"，是其他人的"败"，这是一种什么样的场景？对皇四子阴谋的得逞，恨的、骂的何止少数？其实，在这个环境中，换另一个皇子上台，是不是就没有说法了？不会。不论是谁得了"大位"，都意味着他人的惨败，都会引来这样或那样的攻击和非议。这不以人的意志为转移，是客观环境使然。

评价一个历史上的重要人物，尤其是一个封建皇帝，用什么作标准，是个大问题。从历史进步与发展的角度看，最关键的是看这个人物对社会、国家、人民做了哪些事，好事做了多少，坏事做了多少，这才是标尺所在。

从道德的角度看雍正，雍正的麻烦很不小。除了民间俗世所流传的种种"谣言"，还有他自己对其兄弟的防范及迫害（罪名一般为"结党"、"图谋不轨"等）上。这一点，不少当代人和后人也持有一种批评的态度。另外，在惩办年羹尧、隆科多的过程中，雍正是否有"杀人灭口"的本意，外人也颇多微词，亦有种种猜测。雍正上台后，短短数年，这两大臣从"殊宠异荣"到"死有余辜"，实在是天上地下，反差极大，这种君臣关系是很值得研究的现象。"高温"热得人要昏头，"低冷"冻得人受不了，同一君对待同一臣，算不上正常现象。

在雍正和年羹尧、隆科多之间，是不是还有什么更独特的东西存在着，实在又是一个谜。这也就给野史的编纂和发挥留下了相当大的空间。

看雍正，我们主要还是要看他的政治作为。雍正执政的 13 年间，至少在这几方面做了于康乾盛世有功的事：其一，取消人头税，推行"摊丁入亩"制度。具体做法是：将人丁税摊入地亩，按地亩多少，定纳税数目。地多者多纳税，地少者少纳税，无地者不纳税。实行此办法有利于多数农民，不利于少数大地主。同时实行士民一体当差制度。这样做，意在缓和社会矛盾，减轻贫民负担，同时也保障了清朝廷的财政收入。这些办法的实施，实为一项重大的赋役改革，对后世也产生了极大影响；其二，针对前朝官吏贪污、钱粮短缺、国库空虚的情况，雍正采取了一系列有力措施，清查亏空，惩治贪官污吏。叫得最响的，是推行"耗羡归公"制度。何为"耗羡"？就是金属货币在兑换、熔铸、保存、运解过程中有一定的损耗，所以在对百姓征收税赋的时候，要加一定的份额，把这一块"含在里面"。如果是正常的损耗也倒罢了，问题是各级官员，往往借机层层加码，将这个"项目"变成了自己"额外收入"的固定渠道，且随意性大，不仅大大加重了百姓的负担，国家财政也没得到什么好处。"耗羡归公"，就是将这个"项目"，变成法定税款、固定税额，由督抚统一管理，所得税款，除用于办公费用外，作为"养廉银"，大幅度提高官员们的俸禄，不但减轻了老百姓的负担，还保证了廉政的推行；其三，针对私铸货币问题严重的现实，颁旨禁止使用铜器，由政府垄断铸钱原料，并严厉打击私铸行为，一定程度上维护了货币运行与产品交易秩序；其四，勤于政务，办事果断迅速，在一定程度上实现了"将向来怠玩积习务须尽改"的愿望，使朝廷内外有了一股励精图治的清风。

除此而外，雍正还创立军机处，建立密折制度，实现台省合一，提升府州；改革旗务，不拘满汉用人才；平定分裂叛乱，在西南推行改土归流政策，等等。在加强中央集权、巩固和发展统一的多民族国家方面，雍正一朝着实有一定的建树。在历史上，雍正皇帝功过相比，功大于过，过小于功。

雍正当然是一个有过错的人。从社会进步和经济发展上看，最大的过错，是他继续推行甚至强化了重农抑商政策。这为社会进步、经济发展设置了障碍。雍正的一番番话透彻地表明了自己的心迹："朕观四民之业，士之外，农为最贵，凡士、农、工、贾，皆赖食于农，以故农为天下之本务，而工贾皆其末也。""市肆之中多一工作之人，则田亩之中少一耕稼之人"，"招商开厂……断不可行""矿厂除严禁之外，无二议也。"本来，17世纪初期中国商品经济就不发达，手工业、商业底子就不厚实，一些刚有一定积累的手工业主和商人本来就对扩大再生产和经营规模兴趣不大，而对购置田产欲望甚足，在皇帝这种重农抑商思想的笼罩下，手工业、矿业、商业甚至外贸业要大步前行显然不大可能，资本主义萌芽在这期间的长势显然会受到抑制。比如对开矿，对海上贸易，他的观点是尽量限制，甚至就是禁止。这与同时期世界手工业和商业发展较快的国家相比，显然是自处落后被动局面而全无知晓。作为封建社会的皇帝，其历史的局限，决定了他难以逾越封建经济体制的樊篱，这个错，可以算在他的头上，又不能完全归过于他。

雍正的过，当然还有不少。有历代帝王都有的通病，亦有雍正独有的毛病，这些毛病列举起来，也是足以让人觉得这个人物的可恶可恨。比如在打击政敌、残酷镇压民众运动、封锁言路等等方面，雍正的残忍无情、铁石心肠的一面表现得也是淋漓尽致。他的一生，58个年头的一生，大部分岁月是在台下幕后度过，这大部分的岁月，究竟给了他多少压抑，使他一朝权在手，干得如此轰轰烈烈，恐怕是后人不能不注意的一个认识他的角度。他在台上的13年，真正是他一生的浓缩，这种浓缩，不仅是功的浓缩，也是过的浓缩，是历朝历代帝王中所少见的。正因为如此，他的功名与骂名，是不是也同时进行着某种浓缩呢？一个封建帝王，死了许多年，仍是一个有争议的人物，这本身就给人们提出了一个问题：后人对雍正的了解和认识，是已经差不多了还是刚刚开始？

源与初
——读史札记之一

"神话"这两个字很让人畅想。"神话人物","神话故事",往往有着无穷的魅力。说起人类历史的起始,后人能知的东西中,相当一部分来自神话传说。

神话传说不等于历史,但对历史的"起源"的探究离不开神话传说。

在中国历史中,最有探索空间的是上古史。钱穆先生曾说:"近代对上古史之探索,可分两种途径述说:一,史前遗物之发掘。二,传说神话之审订。"

由此想到柏杨先生对中国历史的分段法,他把中国史的"第一段"定为"神话时代"。他描绘的神话时代是这样开始的："不知道多少亿万年之前，太古时候，太空中飘浮着一个巨星，形状非常像一个鸡蛋，在无际的黑暗云雾中运行，万籁无声，一切死一样的沉寂。就在那巨星的内部，有一个名叫盘古的巨人，一直在用他的斧头不停地开凿，企图把自己从围困中解救出来。经过一万八千年艰苦的努力，到了纪元前二百七十六万零四百八十年（注意这一年，这是神话学家用奇异法术计算出来的）盘古挥出最后一斧，只听一声巨响，巨星被他从当中劈开，分为两半。盘古就是人类的祖先，至少是中华人的祖先。盘古头上的一半巨星，化为气体，不断上升；脚下的一半巨星，则变为大地，不断加厚。宇宙开始有了天和地。"

这是一个动人的故事。历史的神话传说所以能流传下来，有两种途径：一是口语相传，上辈人说给下辈人，一代又一代，代代不断；二是文字相传，不论是何种原始的文字，记录的功能给后人留下了最为珍贵的依据。

对史初，梁启超先生在《中国历史研究法》中说得十分生动："最初之史乌乎起？当人类之渐进而形成一族属或一部落也，其族部之长老每当游猎斗战之隙暇，或值佳辰令节，辄聚其子姓，三三五五围炉藉草，纵谈己身或其先代所经之恐怖，所演之武勇……等等，听者则娓娓忘倦，兴会飙举。其间有格外奇特之情节可歌可泣者，则蟠镂于听众之脑中，湔拔不去，展转作谈料，历数代而未已，其事迹遂取得史的性质。所谓'十口相传为古'也。史迹之起源，罔不由是。"

周谷城先生在《中国通史》中说："史料是历史的片段的记录。凡考古发掘出来的实物，过去保存下来的文书，都属史料范围，都可看成历史的片段的记录。""从史料里，我们可以获得历史的消息，或体会出完整的历史来。"

周谷城先生对中国史的"第一段"是这么说的："传说的夏代约在公元前二十一世纪到十六世纪。当时的情形如何，现在虽无确证，但商代的文化已经很高，断不是出自突然，其前面必定有一段文化相当高的时代；因此我们推测直接着商以前的夏代必有相当高的文化。"

钱穆先生说："各民族最先历史无不从追记而来，故其中断难脱离'传说'与带有'神话'之部分。若严格排斥传说，则古史即无从说起。"

黄仁宇先生在《中国大历史》中说："二次世界大战之后，考古学家用碳14放射性的技术，断定中国新石器时代之遗址最初出现于公元前4000年，或者还要早。可是以文字记载的历史，却不能追溯到这么久远。根据史书的记载，最早的'朝代'为夏，它的出现若能证实无讹，也只能把中国历史的前端摆在公元前2000年左右。"（据最新的夏商周断代工程1996~2000年"阶段成果"报告，中国夏代始年为公元前2070年，夏商分界约为公元前1600年，商周分界为公元前1046年。）

翦伯赞先生所主编《中国史纲要》中说："我国古代文献中保存着丰富的历史传说，用这些传说也可以勾画出中国原始社会的简单面貌。"

柏杨先生在《中国人史纲》中说："每一个古老的民族都有他们的神话，作为上述的宇宙起源和民族起源的答案。中华人不能例外。这些神话有它实质上代表的意义，至少可使我们的印象比较深刻。""神话的虚构是一目了然的，用不着作任何考证就可以如此确定。传说则包含有事实的成分，即令这成分很少，或这成分已经被歪曲而与原样不符，但总算多少有点事实存在。至少我们可以说，即令传说全属虚构，它也比神话的组织严谨。""中国的传说时代，就是中国第一个王朝——黄帝王朝时代。在这个王朝中，出现五位有名的领袖人物，史学家称之为'五帝'，所以也可称之为五帝时代。"柏杨先生将神话与传说分开了，变成了两个有所区别的阶段。

从各位史学大家的阐述中，可以归纳出许多的共同点。口头传说是在没有文字时候的"史录"的雏形。精彩的部分，往往使传说有了神话般的效果。很庆幸，人类在没有文字的时候，能够口语记事。口语记事，当然有误差，这个误差在有的时候还相当大。但是，在"有"与"无"的选择中，"有"总比"无"要强得多。就中国史而言，开篇要谈的当然是旧石器时代的老祖宗，周口店发现的北京人距今约五十万年，山西丁村人和内蒙古河套人距今约十几万年，山顶洞人距今约一万八千年。试想，这么久远的"过去"，在没有文字记载的情况下，要是有些口语留下的神话传说，会是什么样的伟大？可惜，除了古人的头骨化石，除了沉默的石器，除了被火烧过的遗迹，没有了他们如何生活的"活"的故事，遗憾也就产生了。从这一万八千年前的山顶洞人，到再后来的新石器时代，渐渐有了一些神话传说的"版本"，尽管相当的"模糊"，甚至"说法"不同，但是，老祖宗们的一些生活的片段，还是有了"活"的影子。很可能，流传下来的"章节"，只是大海里的一碗水。正因为此，这一碗水是万分金贵的。

"人类历史"是不是就是指"文字记载"？显然不是。人类历史可以分三部分，一部分是根本没有文字的年代，这是最漫长的一段岁月，可能是许多万年；一部分是有了最初的文字，可是因为年久损失了，变成了口传或神话，见于后人的文字"追述"里的日子，这一段也比较长，可能上万年；三是由史官"同步"记载的时光，这一段相对是最短的，可能只是几千年。三段年月，都是历史。这样说来，整个人类历史就变成了"沉默无言"、"神话传说"、"文字记录"三段了。

从丛林，到洞穴，再到房屋，人类的居住条件是慢慢改进的。人类语言上的进化，也经历了相当长的岁月。最初人类相互交流说的是什么样的话语，后人是难以听到的。这就有个神话传说也受语言进化程度的限制问题，语言进化不到一定程度，神话传说要流传下去也是很困难的。这也就是神话传说显得"模糊"和"迟缓"

的原因，也是神话传说中的年代并不算太长的原因。很可能，有一部分神话传说的故事，因语言障碍，被传丢失了。换句话说，我们今天所能知晓的神话传说，很可能是整个神话传说中的"零头"，而神话传说中的"大头"，更多的浪漫奇特、曲折委婉、轰轰烈烈的人类早期故事，我们却无法得知。

因此，我们不能说现知的神话传说就是神话传说的全部所在。我们只能说，这可能是离我们较近的神话传说。

史与《史》
——读史札记之二

人类聪明的地方很多。比如人类进化到了一定程度后能把正在发生的或过去的事情记录下来,留给后代看。在人类的各种分工中,专有一批人是从事修史工作的。但是,这个分工的形成,却有一个漫长的过程。

甲骨文大约形成于公元前14世纪到公元前11世纪。在一定程度上,起着古人日常生活和当时国家大事的记录功能。完成它的人,是巫师,也可叫卜者。他们参与的是当时社会上层的政治、经济、文化活动。这类人,当然是有文化的人,也是当时社会生活的见证人,他们在当时第一位的使命，是负责占卜事务，忙祭祀，卜凶吉。在此基础上，他们还兼顾了记录史实的工作。

此后，随着社会的发展，分工的再细化，占卜的工作和录史的工作，不再由人兼职来做了，两者开始各有专人，各司其职。《尚书·多士》中有"惟殷先人，有册有典"。有人据此推论，商殷时代就有专司记录史实的人了，否则"典册"何来？《易经》是这类文字的集合。《易经》所记载的上古的社会现象相当广泛，对当时的社会制度、经济发展水平、人们的生活方式及思想状况，都从不同角度和层面作了反映。

先期的记录历史事实的文字，还载于竹板和青铜器上。竹板作书，易于腐灭；而青铜器上的文字容易保存。这种铜器铭文，也是有作者的，是铸造工匠与文化人的合作品。

再后来，就有了《尚书》这类比较成熟、比较详尽、比较规范的记言体史书。说到史书的形成过程，还必须提到《春秋》。这是中国第一部私人撰写的历史著作，比较普遍的说法，它的编纂者是鲁国人孔子。这本书是以鲁国编年史为主线的。

至公元前 1 世纪，历史已走过了很长一段路，该有一个里程碑。立这个碑的人是司马迁。说史书，不能不大书特书《史记》（亦称《太史公记》或《太史记》）。这是因为，《史记》是中国第一部纪传体通史。其记事上起传说中的黄帝，下迄汉武帝太初年间（公元前104—前101年），首尾约3000年。当然，这部书的写作是一种特殊的"继承"工作，它是在前人留下的史料基础上完成的。全书由十二本纪、十表、八书、三十世家、七十列传组成。这也就为后来的史学家提供了撰写史书的范例，当然，后来的史书，在写法上也有所发展，有所变化。《史记》之后，相继出现了《汉书》、《后汉书》、《三国志》、《晋书》、《宋书》、《南齐书》、《梁书》、《陈书》、《魏书》、《北齐书》、《周书》、《南史》、《北史》、《隋书》、《旧唐书》、《新唐书》、《旧五代史》、《新五代史》、《宋史》、《辽史》、《金史》、《元史》、《明史》等23部史书。《史记》加上这23部史书，史称"二十四史"。在这之后，又有了《清史稿》，总算下来，又可说成是"二十五史"。写到20世纪初，历史学家的任务并没有完成，整个20世纪这100年，又会成为一个新的史学课题。

中国的历史，全面地"串起来"写，是一些历史学家的创造。他们的努力，用《通史》的模式，使历史的记载一段一段有机地连接了起来，使人看到了一种历史的递进过程。当然，古代、近现代的史学家是各种各样的，他们对历史"串起来"编写的方法也各有不同。比如，柏杨先生写的《中国人史纲》，是按"世纪"为单位来编写的。再比如，黄仁宇先生的《中国大历史》，又按一种"小割断、大连贯"的思路来写作，算是一个"跳着走的怪杰"。

史是史，《史》是《史》，史是实际发生在一定时间和空间一切的集合，而《史》只是从史里整理出的部分人与事。在有的时候，甚至有的史被有的《史》有意"改写"了，变得扭曲了，走样了。有一个问题一直困扰着人们：史比《史》到底"厚"多少？历史和史书之间，究竟有多大出入？想了想，觉得这个问题还真太大，太复杂，也太专业。

史是过去了的人类的往事。《史》是往事过去后的由人记下的故事。《史》对史，"对等"（一比一的比例）是不可能的，人类没有那么多的笔墨将人类做过的所有事情一一不漏地写下来，这不仅不可能，而且也不必要。司马光的《资治通鉴》就是一个按一定的思想脉络取舍编史的例子。司马光定了这么一个原则："鉴前世之兴衰，考当今之得失，嘉善矜恶，取是舍非。"当然，由于他编史的目的性非常明确，在取舍上也带来了一些不同的看法。比如明末严衍就曾批评司马光说："温公于朝纲国政，辑之每详；而家乘世谱，辑之或略。伟论宏议，记之较备；而只行微言，记之或少。观其所载之人，则显荣者多，而遗逸则鲜；方正者多，而侠烈则鲜；丈夫者多，而妇女则更鲜矣；方内者多，而方外者绝不及矣。"在人类生活中，值得留给后人、可以留给后人的东西毕竟需要进行筛选。问题的关键，在于《史》可以小于史，但不可失真失实于史。应该说，从古迄今，人类庆幸有一批称职的史学家，他们以自己的心血和汗水，甚至是自己的身家性命，不求时利，不畏权贵，捍卫了《史》对于史的忠诚。但是，也有违心做伪史的假史学家，他们的并不干净的笔，给后人的眼睛蒙上了一层厚重的迷雾。而要在过几十年、几百年、上千年后让后人拨开这迷雾看见历史的真面目，实在是太不容易了。

比如古代有的史学家写大凡一个成就帝业的人，他们的"来历"都有不凡的地方。在读《宋史》时，人们会发现，修史者所写宋太祖赵匡胤童年的事，就很有些离谱的地方。

赵匡胤是后周名将赵弘殷的二儿子。公元 927 年的一天,赵匡胤出生于洛阳夹马营。作为史书,竟这样形容:当时红光绕室,奇异的香气一夜没有消散,婴儿身上有金黄颜色,三天没有变。这还不算,又举出两个"大难不死"的例子。一个例子说:赵匡胤年轻的时候,一次试骑一匹脾气凶恶的烈马,烈马奔上登城楼的坡道,赵匡胤的额头撞上门框的横木而从马上摔到地下,人们都以为他的脑袋一定撞碎了,但是,他竟慢慢站起来,再次追赶烈马飞身跳上,一点都没有受伤。第二个例子更是"神奇":赵匡胤和另一个人在一间土屋中赌博,正在这时,听见有麻雀在屋外互相啄斗,两个人于是争着起身到屋外捕捉麻雀,刚刚出屋,土屋便坍塌了。

《宋史》这样写,意在说明赵匡胤"大难不死,必有后福",为他做皇帝埋下伏笔。但这其中的真实性又如何呢?后人怎么可以判断准确呢?

梁启超先生曾有一语:"忠实的史家对于过去事实,十之八九应取存疑的态度。"他还说:"自己有一种思想,或引古人以为重,或引过去事实以为重,皆是附会。这种方法很带宣传意味,全不是事实性质,古今史家皆不能免。"《史记》中《吴王濞列传》一开篇，就有一段很是让人生疑的话：

> 吴王濞者，高帝兄刘仲之子也。高帝已定天下，七年，立刘仲为代王。而匈奴攻代，刘仲不能坚守，弃国亡，间行走洛阳，自归天子。天子为骨肉故，不忍致法，废以为郃阳侯。高帝十一年秋，淮南王英布反，东并荆地，劫其国兵，西度淮，击楚，高帝自将往诛之。刘仲子沛侯濞年二十，有力气，以骑将从破布军蕲西，会甄，布走。荆王刘贾为布所杀，无后。上患吴、会稽轻悍，无壮王以填之，诸子少，乃立濞于沛为吴王，王三郡五十三城。已拜受印，高帝召濞相之，谓曰："若状有反相。"心独悔，业已拜，因拊其背，告曰："汉后五十年东南有乱者，岂若邪？然天下同姓为一家也，慎无反！"濞顿首曰："不敢。"

作为刘邦的侄子，吴王刘濞的"反"，的确是在公元前154年，也就是刘邦建立汉王朝约五十年后。但是，刘邦在世时就已看出了这个二十岁的侄子五十年后要造反，实在是荒唐。

《史》中缺了该有的东西本身已是遗憾，如果再不真实，那就是大患了。"繁略失当"是坏事，"编录纷谬"更是坏事。

前人做事，后人修史。这个程序是可以理解的，但也是很麻烦的。"盖棺论定"是可以的，但"走样"的问题又是一大弊端。而人一边做事，一边修史是比较好的。当然，当代人修当代史有有利条件，也有不利因素。历史的经验值得注意。修史做到记录真实、褒贬客观，是最为重要的。正如钱穆先生所说："史官之职，在据事直书"，"生为人，尽人道，守一职，尽职守，为史官，则惟知尽吾史职而已，外此皆可以不计。"尊重事实，《史》之灵魂。只要对子孙后代有益有利，再难的事情，人类也应该办好办实办到。

《史》是镜子，以史为鉴，靠的是《史》。如果《史》是可靠的，那是人类的幸事；如果《史》靠不住，那是什么样的后果？

"功"与"过"
——读史札记之三

　　古人和现代人，说到根本上，排除掉"身外之物"，如汽车，如电视，如电话，如电脑，如飞机，如坦克，如原子弹，共通之处是相当多的。看古人与看现代人，从原本上"透视"，同样有个一分为二的问题。过去有两句话，一句是"人非圣贤，孰能无过"，一句是"金无足赤，人无完人"。确实，人间不存在什么"过"都没有的所谓纯粹的"圣贤"。我们可以从孔子说起，他的"惟小人与女子难养也"之类的论断，是"明白话"还是"糊涂话"？他老先生说过的话，如果有百分之一的错，是

不是"过"呢？如果是,那又算不算圣贤呢？往宽处再说,
还有孟子,还有老子,还有荀子,还有墨子,还有诸葛亮,
还有唐太宗，还有康熙，还有……一直排列下去，还
有不少的"明白人"，他们或多或少地也办过一些"糊
涂事"，说过一些"糊涂话",是拿"一"去否定"九十九"
呢，还是用"九十九"去否定"一"？结论恐怕是：
一分"过"还是一分"过"，但"功"大到一定程度，
到了某一个公认的"界线"，如白璧微瑕一般，相比
而言，排在众人前边的人就可以称为"圣贤"了。这
没什么服气不服气的问题，人间万事，只有比较后的
差别，比较后的好与不好，美与不美，善与不善，真
与不真。失去了比较，也就失去了鉴别。

　　走在"圣贤"后面的人，又可分为若干类。第一类,"功
大于过"的人。有"九一开"的，有"八二开"的，还
有"七三开"的，"六四开"的，哪怕是百分之五十一
的"功"比百分之四十九的"过"的程度，也还是属于
功大于过。不论怎么说，对人类社会，他们都是"中线"
以上的人。如汉景帝，作为盛世之主，总体上被称为
贤明之君。但是，汉景帝也有残忍的一面。藩王大乱后，
汉景帝下令：凡是勇进多杀的人立上功；参加叛乱的人，

食三百石以上俸禄的全杀掉；胆敢有不同意见和执行不力的,处以腰斩弃市。汉景帝还听信谗言,骗杀了晁错,来了个满门抄斩。这不是他的过错是谁的过错？这一类人是不少的, 如秦始皇, 如刘秀, 如曹操, 如朱元璋, 如雍正, 等等。第二类,"功过相当"的人。这类人,做的好事与做的坏事"差不多",说过的"益语"与"错话"一半对一半, 总的算账, 是一种"持平"状态,算是"中线"的人。第三类, 是"过大于功"的人。这类人也不是一点好事没做, 一点有益的话也没说, 但是, 好事坏事统统加减起来, 有益的话和有错的话统统加减起来, 还是坏事做得多, 有错的话说得多, 是"功不抵过"。他们之中, 有的"一九开", 有的"二八开", 有的"三七开", 有的"四六开", 即便是到了百分之四十九的"功"对百分之五十一的"过"的程度,还是"中线"以下的人。有没有第四类人, 就是一点点好事都没做过, 一点点有益的话都没有说过的人？我想, 找如此"纯恶"的人如同找百分之百的"圣贤"一样, 是十分困难的。这里举一个"坏皇帝"的例子。隋炀帝杨广实属暴君, 够"坏"了吧, 有个方士曾说姓李的人将来要做皇帝,劝他把天下姓李的人全部杀光, 以不留"后患", 杀戮成性的杨广就没有照办。这个"例外"，当然不是说杨广明白事理，是说他在这件事上毕竟没有听从别人给他出的"坏主意"，没有把姓李的人来个斩尽杀绝。杨广开凿大运河，劳民伤财，天下怨声一片，这当然不能肯定。但是，开凿大运河，就一点益处都没有吗？恐怕不是。后人"汴水通淮利最多，生人为害亦相和"之句，话说得就较为客观公正。朱温因夺了唐朝的天下而拥有了许多骂名，他也是个杀人如麻的"大贼大盗"。但有一次，当宋州（今河南省商丘）节度使进献象征祥瑞的异常麦穗时，朱温就没上那个当。他还是有一定的清醒度。朱温很不高兴地说：宋州今年遭受了水灾，老百姓缺衣少食，为什么还进呈祥瑞？不仅如此，朱温还派人到宋州去责斥节度使，罢免了最初进献麦穗的县官。

　　我们可以举出许多的例子，印证这样对人"功过总算账"的分类方法的便捷和实用。分析古人的功过，为古人"打分"，为古人写"评语"，是为了什么？仅仅是怕古人受到不公平的"待遇"吗？仅仅是怕古人在地下"冤情难白"或"恶行难露"吗？后人对古人，当然要有一个公平公正的评价，"政声人去后"说的也是这个道理。除了有"当事者迷"，还有"当时者迷"，这都为后人更客观地"读史"留下了巨大的空间。但是，后人看前人的功过得失，更多的用途，是为了"借鉴"二字，为了不重蹈覆辙，不掉进前人曾掉进过的泥坑，为了把前人的优点和长处发扬光大，把对人类社会和自然世界的"认识平台"再提高一些，这可能是后人重视"读史"的一个基本的主要的动力源。

后人做事立言，当然还有更后面的人来评价。明天的人看今天的人，就好比今天的人看昨天的人。实事求是地说，在科技水平较高、交通通信条件较快捷的今天，甚至是水平更高和更加快捷的明天，人在做事时要不出一点错，在说话时一句错话也没有，仍是不可能的。理论上讲，人要追求完美，人不能放弃追求完美，但现实社会、现实生活，纯粹属于完美的东西总是可望不可及的。问题的关键，是后人能不能不犯"老毛病"，不做前人已做过且证明是做错了的事，不说前人已说过且证明是说错了的话。至于往前走的过程中，在没有可借鉴前人经验教训的区域出的错，那就是另一个概念了。作为个人，每一个人，每做一事，每说一句话，都应该对历史负责，对后人负责，不能先把自己的利益得失放在第一位，千万不能忘掉了"后之视今，亦犹今之视昔"

的道理，后人对"今人"，也会来个"功过总算账"。这也是后人的权利。人类社会的进步与发展，说到根上，与这种一代代的"功过总算账"是分不开的。如果人类不能不断积累经验和教训，后人不知道前辈做对了什么，做错了什么，不知道哪些事该做，哪些事不该做，这进步与发展从何而来？"功过总算账"，有时候是挺残酷的：明明某个人功劳卓著，怎么一"算账"还有那么些不足、缺点、错误？明明那个人很让人恨、很让人厌了，怎么在"算账"后还摆出了一些长处、优点、好事？有的人在这个时候是接受不了这个现实的。接受不了，会有"视而不见"的选择，不是让古人有"过誉"的待遇，就是让古人有受"冤枉"的可能。这实际上都不是科学的态度和做法。我们如果不能如实对待前人，我们的后代又如何能如实地对待我们？这个道理实在是太简单了又太重要了。

"虚"与"实"
——读史札记之四

后人了解"从前"，主要是依靠《史》的文字记载。读《史》的过程中，人们会发现，《史》本身也是有缺陷的。

《史》的缺陷，除了详略上的失当，突出的，还有一个问题，就是"误差"。"误差"从何而来？主要是：第一，有一部分《史》在战乱和灾害中丢失损毁了，这就使本已记载的东西又永远失去了。比如说梁元帝在江陵时，收藏了古今图书十四万卷，但在梁灭亡前夕，全部藏书焚毁殆尽。隋朝嘉则殿藏书三十七万卷，唐军攻打王世充时，在东都洛阳收缴了这些图书，但运书大船过黄河中时翻沉，所有书籍被水冲走；第二，对同一件事，同一个人，不同的《史》，有时候"说法"是不同的，甚至是大相径庭的。这类现象是很不少的。历史上的不少问号的出现，就与这些不同的"说法"有关；第三，有的《史》，对某一件事，或对某一个人的记载，是有漏洞的，留下疑窦很多。比如《资治通鉴》中对秦王嬴政的生父是谁问题，就埋下了"伏笔"，吕不韦娶的赵姬让给了嬴异人，让之前赵姬已有身孕，那这个儿子算谁的？吕不韦"知其有娠"，又"既而献之，孕期年而生子政"，这告诉人们什么？这种历史记载中的"糊涂账"，给后人留下的麻烦是很不小的；第四，有些《史》的作者，由于个人的偏见或恩怨，对事对人的评价和记载，存在明显的歪曲。比如魏收负责写北魏一朝历史的时候，对平时与自己有怨有仇的人，记载时隐没他们的好处。他常常对人说：哪个大胆的人敢和我魏收作对！我说一个人好，就可以在史书中把他抬举到天上去，我说一个人不好，可以一把摁到地底下去。这种歪心曲笔的"史官"，历史上不止一人。魏收只是做得太张狂了些，话也说得太露骨了些。

作为后人，要了解前人是怎样生活的，要了解前人是什么样的人，不能不看不读不研究《史》，但是，当知道了《史》的局限性，当了解了《史》的"虚"与"实"，那么，我们就会对自己说：《史》留下的，是一幅大概的描绘古城轮廓的油画，要欣赏它，观察它，站得太远了或太近了都不行，必须有一个适当的距离。人对历史的了解，很多的时候，实际上是对《史》的了解。从《史》，人们见到了史。麻烦的是，《史》在某种角度上，辜负了人们的信赖，不能给人以"清晰"的视觉。尽管如此，《史》的贡献，仍然是非常巨大的。即使《史》有一半的"误差"，对只有百年寿命的后人来说，能通过阅览书籍知道上千年的"从前"，也是很了不起的事情。作为后人，我们不能因为《史》的缺陷而不读《史》，不从中寻找前车之鉴。如果因此而忽视甚至是鄙视《史》，我们就会失去历史的镜子，在看不见前人的同时，我们也最终会看不见自己。

现代社会里，有一些人不愿读《史》。这些人中，又分若干类。有一类人是对读《史》不感兴趣，他们爱看爱读别的书，如文学类的书等。有一类人是觉着没必要读《史》，"过去"离现实生活太远，事情早就过去了，人早就死了,读了有什么用?有一类人是觉着读《史》太累,这些人宁愿看看有关历史题材的"戏说"、"演义",而不愿去看"正史"。还有一类人,没有看过几本《史》,就下了一个结论:《史》不可信。他们在知道了《史》的某些缺陷之后,看不见《史》的主流,他们用"摄影照片"的标准要求"历史油画",如果"历史油画"上有一点点的"粗糙"和"虚影",就闭上眼睛了。

《史》有《史》的定位。这个定位是:源于史实,不等于史实。如果懂得了这一点,也就不会看不见《史》与史的"误差",更不会因为"误差"看不见历史。史学家有两种:拿笔写《史》的史学家和拿放大镜看《史》的史学家。拿笔写《史》的史学家好理解,对拿放大镜看《史》的史学家,不少人就不熟悉了。其实,这类人是"史学考古"工作者,是从《史》中寻找"史迹",从《史》中分辨"真伪",用审视甚至是怀疑的眼光读《史》,并对《史》发表自己的"读后感",提出自己的看法和见解。这类史学家的必要,是因为《史》有时候是有"误差"的,找到"误差"的人,会在众多读《史》的人要走的路上插上一个个标牌,告诉人们:"当心,这地方有个泥坑!""注意,这里有条河沟!""留神,

259

这边有条岔道！"这种提醒，是十分必要和有益的。

依我看，这两类史学家都是社会所需要的。第一类史学家走在前面，只管"录写"曾经发生过的人和事；第二类史学家走在后面，只管"检校"以前"录写"的准确程度和质量高低。看来，这个分工是非常巧妙的。实际上，在有的时候，一个人可能同时做着两份工作，既能"录写"当代的，又做着对"从前"《史》书的"检校"，这样的史学家也是有的。历史学家对于人类，是不可缺少的。告诉大家"从前"的事情，为的是让人懂得现在的一切从哪里来，现在的一切还会向哪里去。由于史学家的努力，《史》在总体上，"实"的部分居主要位置；也由于社会因素，由于有的史学家的疏忽或个人局限，《史》也有"虚"的成分。这种"实实虚虚"，好比我们居家过日子上街买菜一样，一大筐菜，洗干净了的能下锅的只会是一大部分，还有些泥土、烂叶子都需要淘汰掉，这就是留"实"去"虚"。对《史》，道理是一样的。人类往前走，社会在发展，《史》也在一页页书写，与此同时，留"实"去"虚"的工作也一天不会停下来。《史》是留给后人的，对后人负责，就是对历史负责。

《史》与师
——读史札记之五

　　"以史为鉴"，应当变成两句话说。第一句：过去前人做过的事，说过的话，"择其善者而学之"；第二句：过去前人做过的事，说过的话，"其不善者而防之"。这不是简单地借用孔子"择其善者而从之，其不善者而改之"的训教，而是说明经历史学家艰辛努力形成的《史》会给人类带来的积极作用。同时，也反映出了提倡人们读点《史》的良苦用心。

　　梁启超先生在《中国历史研究法》中有这样一段话："史家目的，在使国民察知现代之生活与过去未来之生活息息相关，而因以增加生活之兴味，睹遗产之丰厚，则欢喜而自壮；念先民辛勤未竟之业，则蹶然思所以继志述事而不敢自暇逸；观其失败之迹与夫恶因恶果之递嬗，则知耻知惧；察吾遗传性之缺憾而思所以匡矫之也。"这也算一种看《史》的观点。

作为同代人而言，"三人行，必有我师"，是"从之"、"改之"的问题；对后代人而言，《史》则可作"学之"、"防之"之用。"学之"就是前人做了什么好事，讲过什么有道理的话，要做到"见贤思齐"；"防之"，就是前人做了什么不好的事，说了什么谬误的话，要做到"防微杜渐"。

客观地说，史与《史》是不尽相同、相等的。由于人为的因素和历史条件的局限，有的历史事实被少数史学家扭曲了一些"片段"和"章节"，历史在有些人那里被打了点"折扣"，这是不容否定的事实。但是总体上讲，史学家们修编撰写的《史》，可靠的成分还是比较大的，《史》的主体对后人益处是不小的。

《史》在人们看来有两种。一种是"学术史"，一种是"通俗史"。"学术史"是"正史"，讲究要"准"，要"实"，如陈寿的《三国志》，读起来很"专业"，不怎么生动，也不怎么吸引人；"通俗史"是"野史"，是讲"历史故事"，如罗贯中的《三国演义》，讲究的是"活"，是"巧"，是"情节"，读起来很"生动"，很有故事性。其实，"通俗史"是文学作品，而不是史学著作。老百姓看得最多、听得最多、记得最牢的，恰恰不是"正史"，而是"野史"。"正史"曲高和寡，其影响力虽深远而不广泛，且相当一部分是"藏在深闺人未识"。由于"野史"的广为流传，对"史料"的"加工"利用就有了"娱乐"的功能。"无巧不成书"这句话，道出了"通俗史"作品的"娱乐"功能的来源：将"连得上"、"相干"的东西与本来"连不上"甚至是"不相干"的东西拼凑起来，形成一段又一段颇为吸引人的"故事"，极"热闹"，又易引起"共鸣"，"大众效果"相当可观。历史题材的小说、电影、戏剧，大都如此。比如项羽败亡前夜与爱姬告别，"正史"上叙述不多不详，《汉书》中只"有美人姓虞氏，常幸从"一小段的记载，《史记》中这一段的记述也大体相同，但《霸王别姬》一出戏就把事情闹大了，变成了战场上一对恩爱情人的生死别离，催人泪下，感人至深。这与其说是"正史"的力量，不如说是"野史"的功底。再比如"岳家军"、"杨家将"的故事，都写

263

得十分精彩，小说、戏剧中的人物个性突出，爱憎分明，"忠臣"忠得"无与伦比"，"奸臣"奸得"登峰造极"，老百姓对"忠臣"的叹息、同情，对"奸臣"的痛恨、咒骂，都在看小说、看戏中表达得淋漓尽致。

再比如宋江这个人物，在《宋史》中，并不如《水浒》中那么栩栩如生，那么丰富传奇。但有了《水浒》，宋江便成了老百姓家喻户晓的人物。而另一个人物黄巢，"起事"的规模、影响远在宋江之上，但由于没有像《水浒》这样的"传世之作"帮助树立形象，在民间的"知名度"就比宋江差了一大截子。黄巢领着千军万马，直杀得唐朝皇帝逃出长安城，还大摇大摆在京师建立了"大齐"王朝，立了自己的新年号，大赦天下。这阵势，宋江如何比得了？但是，宋江不比这些，宋江有《水浒》作依靠，其宣传"声势"竟大过了黄巢。

"野史"对"正史"的"发挥"形式，也是各种各样的。概括起来，主要有三种：一是"同心圆式外延"：依据已有"史料"加以"扩充"、"放大"，本来是一，变成了二，本来是五，变成十，但没有从根本上动摇"史料"的准确性；二是"捕风捉影式的外延"：将本来没有什么"根据"的东西加以"定位"、"夸张"，弄得神乎其神，

264

好像真的一般让人不得不听,听了又不得不信;三是"张冠李戴式外延":将"史料"进行前后左右的"搬迁"、"组合",经此手法"合成"的东西,看起来又给人一种"自圆其说"的感觉。这三种"发挥"形式,使"野史"具备了更大的流行、传播的空间。可以这么比喻,"正史"如"树木","野史"如"茅草","茅草"在量上总要大于"树木"。《史》内的史,与《史》外的史,混合在一起,造成了真伪难辨的麻烦。在乡下,上了年纪的人常给孩童们说历史上的"陈谷子烂芝麻",老者讲得有根有据,少者听得津津有味,这不也是一种历史知识的普及形式吗?但是,有的地方称这种讲史活动为"说瞎话"。之所以讲史变成了"说瞎话",是因为人们在讲史的时候,进行了许多的"加工",不是"添油",就是"加醋",真中有了假,假里含着真。

《史》的巨大作用,用"前事不忘,后事之师"的话来印证,肯定是没错的。但有观点认为《史》是"中性的",好人用了能从前人的善举中受到启发继续做好事,坏人用了可以从前人的恶行受启发做坏事。比如历史上的"大骗子"一代代都有,后来的"大骗子"不少人是受了前面"大骗子"的影响。前面的"大骗子"那套骗人的本领、做法，被后面的坏人学去了，后面的坏人加以"发挥"和"改造"，做得比前面的"大骗子"更有欺骗性，成了新的"大骗子"。

公元前 8 世纪，郑国国君姬掘突为了扩大自己的统治疆域，用了一个嫁女迷惑邻国的计策，一举吞并了胡国。他的做法是：先把女儿嫁给邻近只一百里的胡国国君。将胡国国君变成了自己的女婿。尔后，又召集会议，研究应该先向谁发兵扩充地盘。大臣关其思说：胡国最近，是最好的目标。姬掘突听了拍案而起，严厉斥责道：郑、胡两国有长期的友谊，胡国国君又是我的女婿，你怎么会说出这种不仁不义的混账话，天理不容。说着，便杀掉了关其思。这事很快传到了胡国国君的耳朵里。大受感动的胡国国君为表诚意，不再在边界设防。郑国国君姬掘突做了一个"绝活"：趁胡国大意，突然袭击，一举灭掉了胡国。

这个欺人之例，又被后来的人学会，甚至"发扬光大"，历史上也就有了这样那样的姬掘突式的人物。这类人从前面的坏人那里学来了一些"骗术"，又加以新的补充和伪装，达到了"出于黑而胜于黑"的效果。

这当然是一个方面。其实，历史上"大骗子"的丑事，都写在《史》上。后人中的正义者总是大多数，正义者读了《史》，看清了过去历史上骗子的面目和由来，就会提高警惕，警惕当代的种种骗子，就会懂得如何防骗，就会掌握打击骗子的新老办法。这也是读《史》的益处之一。

正说反说，目的是想说明，《史》本身，还有个如何运用的问题。《史》内读史，《史》外用史，是做有益于人类的事情，还是做无益于人类甚至有害于人类的事情，之间差异是非常大的。《史》一旦形成，被史学家写成了史学作品，后人读《史》、用《史》，同时用自己的言行继续为后来的史学家写《史》提供"史料"。历史上重蹈覆辙的事情屡屡发生，说明了《史》继续写下去的必要，也说明读《史》用《史》的必要。杜牧在总结秦王朝覆灭的教训时，曾说过："秦人不暇自哀，而后人哀之；后人哀之而不鉴之，亦使后人而复哀后人也！"杜牧说的这番话，实在是精辟，也使我们看到了《史》的价值所在。

"白"与"黑"
——读史札记之六

　　"盖棺论定"这句话，实际上是一般意义上的概念。一个人死了，作为他个人，再不能做什么、说什么了，他个人"言行"的"截止期"到了。活着的人们对这个人，会有一番评价，或从善恶角度评价，或从是非角度评价，或从功过角度评价，或从成败角度评价，总会有一个"结论"。

　　其实，"盖棺"而"论"不定、难定、定了还会变的情况也是很不少的。这中间，决定因素是两个：一是个人言行"真相"清楚的程度，二是当时的社会对个人的了解程度。如果个人言行的"真相"被什么东西掩盖住了，如果当时的社会对个人言行的了解不够，那么，就要由另一个因素来决定：时间。

"蒲柳之姿，望秋而落；松柏之质，经霜弥茂。"时间对于历史人物，实在是个又公平又不公平的决定因素。说公平，是因为相当多的时候，历史的真相会随着时间的推移而大白于天下；说不公平，是"后人"对"前人"作出某种"结论"，总会"停留"在某一个"时间点"上，比如司马迁作《史记》，停留在两千年前。这种"停留"，肯定是有局限性的。再过两千年，当我们今天再看司马迁笔下的人物时，或许会有新的发现和评价，这种变化，是时间推延的结果。

"后人"为"前人"说"公道话"，是非常重要的。时人评时人，评品得当非常难，而或有过或不及。况且，还有当时的现实情况和客观环境。而"后人"，特别是离得远的"后人"，超脱出了"时人"的利害圈子，没有了"时人"的视角偏差，往往对"前人"会有更加公正、公平、公道的评价。《周易》中有"天地之大德曰生，圣人之大宝曰位。何以守位？曰仁。何以聚人？曰财。理财、正辞、禁民为非曰义。"这番话说得可是很早很早了，这当然算个标准。回过头来看看两千年的封建社会，达到这个标准的人有，达不到标准的人有，但有争议的人也有许多。秦始皇被人骂，骂得对不对？猛一看，秦始皇在"德"、"仁"、"义"上都有问题。在当时，他落下的"暴君"骂名最响。但越往后看，人们对他的统一国家、统一文字、统一度量衡等"功绩"看得越清楚。这里含不含"德"、"仁"、"义"的成分？再比如对曹操，是"奸雄"还是"英雄"，从古至今，争议不小，但"后人"的评价总比他活着的朝代要高一些。像秦始皇、曹操这样的人物，不是说他们没有做过"错事"、"坏事"，不是说"后人"不知道他们做过哪些"错事"、"坏事"，而是"后人"已跳出了当时的社会环境，站在了人类历史长河里看人论事，有了一个更加准确的"天平"。"后人"看"前人"的善恶、是非、功过、成败，是"冷静"的眼光，少了许多的只有当时人才有的那种"激情"和"冲动"。其实，也正是这种"冷静"，才显现了"从前"历史人物的全貌，使"从前"历史人物的善恶、是非、功过、成败的原形原状原态更真实地被找寻出来、承认下来。

在漫长的封建社会里，由于其体制上的弊端，不少有志有识有才之士，没能有好的结局。但是，他们已经表现出来的作为和已经阐述出来的思想，并没有被所处时代时光的流逝淹没掉，"后人"的评价毕竟弥补了"从前"的一些遗憾，他们也就成了柳宗元所说的"生则不遇，死而垂声者"。

对历史人物，有"时评"、"终评"、"后评"三种"结论"。某个人物活着时得到的评论，是"时评"；某个人物死时得到的评论，是"终评"；某个人物死了若干年后得到的评论，是"后评"。"时评"、"终评"、"后评"在有的人身上是"三点一线"，始终是朝一个方向延伸的；在有的人身上则是"三点移线"，或"时评"与"终评"不同，或"终评"与"后评"不同，或"时评"、"终评"、"后评"均不相同，或"后评"与再后来的"后评"不同。这个"移"字已经表现在不少人身上。比如说"平反"、"翻案"这类说法，实际上往往是在用"后评"否定"时评"、"终评"，或者用再后来的"后评"否定以前的"后评"。比如《宋史》中对王安石一点好处不说，泼了王安石一头脏水。而再后，蔡上翔在《王荆公年谱》中替王安石说了不少公道话。

澄清事实，需要时间，更需要有原本的"根据"，就是说要看历史人物的"真实面目"。"黑"就是"黑"，"白"就是"白"（具体到某一个人，可能他是一个"花脸"，比如说身上有七分黑，三分白，但这也不妨碍说黑的部分就是黑的，白的部分就是白的。每个人都需要一分为二地看待）。如果一个历史人物原本是以"黑"为主的，"时评"说成是以"白"为主的，"终评"仍说是以"白"为主的，那"后评"就应该把颠倒的事实再颠倒过来，还其以"黑"为主的"真实面目"。这种"平反"、"翻案"才是正确的。相反，本来是以"黑"为主的，"时评"、"终评"均认为是以"黑"为主的，"后评"非要说是以"白"为主的，那就是滥用"平反"、"翻案"权了。最终，再后来的"后评"还是要来做"更正"的。

滥用"平反"、"翻案"权的例子，也是有的。比如有人要为秦桧"讨公道"，把他提出宋金"两分天下"与诸葛亮提出魏蜀吴"三分天下"相提并论，认为"秦桧的战略眼光一点不亚于诸葛亮"，"为中华民族立下不朽功勋"，这就很有点"离谱"了。

到杭州西湖，很少有人不去凭吊岳飞墓。在岳飞墓前，跪着铁铸的秦桧夫妇。有诗说："青山有幸埋忠骨，白铁无辜铸佞臣。"这种爱与恨，表达得淋漓尽致、泾渭分明。

秦桧这个人活了六十六岁，但他落下的骂名，恐怕不止六百六十年，不止六千六百年，不止六万六千年！

秦桧这种身份的人，要"平反"、"翻案"是很不可思议的。老百姓从古至今从心底里已经恨透、恨极的人，只能是千古罪人。

读《史》，实际上是读人。"后人"读《史》，读的是"前人"。"时评"已有，"终评"已存，那"后评"呢？这便使读《史》的人有了责任。"黑"与"白"的问题，不同于此朝彼代评价女人的"胖美"还是"瘦美"问题。前者是个"黑"与"白"的原则问题，后者是个美本身的标准问题。有的人会说，在一定历史条件下，"黑"的东西不一定坏，"白"的东西不一定好。还有人说，在这一朝代是"黑"的东西，在另一朝代可能是"白"的。这话看怎么分析。人类的进步，是渐进的，是一个继承和发展的过程，岁月的变，会带来物质条件的变，社会生活方式的变，人的思想认识水平的变，这一点是没有问题的。但是，人类在渐进的任何时候，最最基本的"内存"，关乎人性的东西，关乎人伦的东西，关乎人德的东西，关乎人品的东西，关乎做人做事做官的基本原则的东西，其实都是贯穿始终的。比如为官，应该公，应该正，这个"铁一般"的标准千古未变。老百姓看官，用"公正"这两个字一衡量，好官还是坏官一清二楚。"天下为公"、"清正廉洁"，这个做官的原则，是不能改变的。"贪"、"歪"就是"黑"，"黑"了的东西就"白"不了，这不是哪一段、哪一程的界限，而是史始史终的界定。当然，这里说的都是大的基本原则，不是细枝末节的东西。细枝末节的东西，指的是在一定历史条件下，有的做法和言论，功与过，得与失，衡量的尺度是会有一些幅度上的变化。但这绝涉及不到"黑"与"白"的问题。只要涉及到"黑"与"白"的问题，一定是原则的问题，是大是大非的问题。历史，在"黑"与"白"问题上，在大是大非问题上，实在是没有让步的余地。

"古"与"今"

——读史札记之七

    读史读到深处，会感到一种莫名的惊恐：在今天种种现代物品的包围之中，人们虽然已经添置了许多前人不曾想、不曾见、不曾享用过的东西，但保留和积存在身边的东西里，竟还有原来几千年前人身上的种种毛病。现代人有时仍在重蹈古人的覆辙。

    我们不妨讲几个小故事。这几个小故事说起来有些"远"，但想一想又觉得很"近"。

    第一个故事，涉及的是如何分清美丑的问题。楚灵王是个穷奢极欲的人物，他于公元前504年杀死楚王郏敖自立为王，随即强令百姓劳作，建成了离宫章华台后，得意扬扬地向大夫伍举炫耀这座台榭的华美。不料，伍举提出了相反的看法："夫美也者，上下、内外、小大、远近皆无害焉，故曰美。若于目观则美，缩于财用则匮，是聚民利以自封而瘠民也，胡美之为？夫君国者将民之与处；民实瘠矣，君安得肥？且夫私欲弘侈，则德义鲜少；德义不行，则迩者骚离而远者距违。天子之贵也，惟其以公侯为官正，而以伯子男为师旅。其有美名也，惟其施令德于远近而小大安之也。若敛民利以成其私欲，使民蒿焉忘其安乐，而有远心，其为恶也甚矣。安用目观？"伍举还警告说："若君谓此台美而为之正，楚其殆矣！"

第二个故事，说的是破除迷信的问题。鲁国城东门外，停有一只叫"爰居"的海鸟，它连着叫了三天，引起了人们的注意。鲁国执政臧文仲觉着这是个神物，提出要国人去祭祀它。有个叫展禽的人，很不赞成这个做法，他认为祭祀一只鸟太过分了："夫祀，国之大节也；而节，政之所成也。故慎制祀以为国典。今无故而加典，非政之宜也。"

展禽接着阐述了自己的见解："夫圣王之制祀也，

法施于民则祀之，以死勤事则祀之，以牢定国则祀之，能御大灾则祀之，能扞大患则祀之。非是族也，不在祀典。"这段话，说的是值得制祀的，是对人类有贡献的人，或是订立了法规的人，或是为国事辛勤而死的人，或是能够安定天下的人，或是能防御大灾大难的人，或是能给老百姓解除危难的人。除此之外，都不能列在祭典之中。

展禽针对"爰居"这种海鸟，讲了自己的看法："今海鸟至，己不知而祀之，以为国典，难以为仁且智矣。夫仁者讲功，而智者处物。无功而祀之，非仁也。不知而不能问，非智也。今兹海其有灾乎？夫广川之鸟兽，恒知避其灾也。"臧文仲听了这番话，明白了不少，表示接受批评，并叫人记录下来这件事，以让后人吸取教训。

第三个故事，说的是保护生态资源的问题。《国语·鲁语》里讲了一个鲁宣公"夏滥于泗渊，里革断其罟而弃之"的故事。大夫里革阻止了鲁宣公的行为后，向他讲了上古的时候，祖先保护自然资源和生态平衡的渔猎制度，讲述了古人对鱼鳖，对鸟兽，对幼树，对草木，如何合理养护、合理取用的道理。里革的谈话，使我们在两千多年后，知道先人很早就在每年一定的时间里实行"禁渔令"、"禁猎令"。里革挖苦鲁宣公："今鱼方别孕，不教鱼长，又行纲罟，贪无艺也？"这个鲁宣公还算识相，马上说："吾过而里革匡我，不亦善乎！是良罟也，为我得法。"鲁宣公还表示要将这张鱼网收存起来，以不忘里革的劝告。侍候在一旁的人说：收藏一张破网，还不如您把里革留在自己身边，更不容易忘了这件事。

举出这么几个小故事，是想说，这些故事所涉及到的问题，在此后的两千多年间，包括两千多年后的今天，对人类，一直是有借鉴意义的。比如，现在，不还有人美丑不分吗？现在，不还有人在竭泽而渔吗？过去的泥坑，可能还没有填平。今天，可能还有人要掉进昨天的泥坑里。有些"老毛病"，无法用"古"与"今"进行划分，也就是说，我们不能下这样的结论：这个问题是从前古人犯的毛病，从什么什么时候起，人类就没有这个毛病了。

时间上的"古"与"今"，是容易划分清楚的。但是，存在于人类身上的一些毛病，却难以随时间的划分而做到"一刀两断"。我们要问自己一个问题：当人们放弃了落后的交通工具、通信工具、生产工具的同时，那些本该同时根除的人类身上的种种毛病，为什么还没有完全根除呢？为什么这些毛病能够从"古"延续到"今"呢？能不能够通过读《史》深刻反省这些毛病，并加以彻底的改正呢？

警钟，需要长鸣。不读《史》，难以往深处去想。读了《史》，想这些问题，觉得很有现实意义。在人类，光是知道什么对、什么错还不够，因为若是"善善而不能用，恶恶而不能去"，丑恶的东西依旧要产生危害。要维护人类美好的一切，就必须不断清除"杂草"，对一些毛病，人类要坚持不懈地进行改正，进行克服，只要真正认清了这些毛病的危害，并加以改正和克服，我们就真正享用到读史的实惠了。

"表"与"里"
——读史札记之八

　　史学家，首先是思想家。孔子是思想家，也是史学家。孔子为什么作《春秋》，他自己作了解释："我欲载之空言，不如见之于行事之深切著明也。"读《史》，要注意《史》中的"史料"，也不要忽视《史》的作者的思想感情。司马迁"究天人之际，通古今之变，成一家之言"之句，自然是注入了自己的真情实感。司马迁作《史记》，眼光敏锐，笔触生动，言语活泼，褒贬鲜明，其"别嫌疑，明是非，定犹豫，善善恶恶，贤贤贱不肖"，哪件事、哪个人的记述不带有作者的思想倾向？史学家的原则，总体上是四个字：秉笔直书。然而，纵观一代代的史学家，过手之字里行间，又总蘸有个人的感情色彩，原因也很简单：史学家是有思想地选取史料并用思想贯通表达。从"记史"到"述史"，已经融进了史学家的"思"与"论"。

史学家对人对事在"史实叙述"之中，往往会作出自己的"价值判断"，"太史公曰"、"臣光曰"实际上是史学家思想直接表现出来的承载方式。除此之外，史学家的笔下人物，相当多的时候，粗读起来觉得看不见作者的观点，而如果在灯下泡上一壶清茶，细心品读文中的一方一寸，就会透过纸面，看到背后的东西。可以说，没有哪个作者笔下的人物是"纯天然"的。这里，我们举一个班固笔下的人物——酷吏严延年。

在史学家的账单上，有这么一类人，他们不在忠臣之列，也不在奸臣和宦官之列，他们"独立门户"，被称做"酷吏"。

酷吏者，突出的是一个"狠"字，整人狠，杀人狠，不仅如此，他们还不是"笑里藏刀"，而是"大刀阔斧"。《汉书》中专为酷吏列出了"席位"，严延年是其中之一。

反复研读严延年，觉着这个人除了可恨，还真是很可惜。班固这么写他，是有一定保留的，并不是彻底否定或基本否定的意图。

就说这严延年吧，他敢对立宣帝有功的当朝红极一时的大臣霍光进行弹劾。抨击霍光"擅废立，亡人臣礼，不道"，做"飞蛾扑火"的傻事，敢于弹劾大司农田延年携带武器冒犯天子的副车，这是何等的勇敢？他调任河南郡太守不久，"豪强胁息，野无行盗，威震旁郡"，这是多么明显的变化。

班固笔下的严延年为官，还有一"怪"："其治务在摧折豪强，扶助贫弱。贫弱虽陷法，曲文以出之；其豪桀侵小民者，以文内之。"这种办案的原则，带有明显的感情色彩。这就是同情生活在社会底层的人民群众。由于这一"怪"，他办案就常常"出格"："众人所谓当死者，一朝出之；所谓当生者，诡杀之。吏民不能测其意深浅，战栗不敢犯禁。"这种让众人莫测的"生杀大权"，确实很不同寻常。班固对严延年不是不同情，恰恰相反，班固对严延年给了不少赞扬的笔墨："延年为人短小精悍，敏捷于事，虽子贡、冉有通艺于政事，不能绝也。吏忠尽节者，厚遇之如骨肉，皆亲乡之，出身不顾，以是治下无隐情。"这番话，是说严延年的"基本素质"和之所以"酷"的原因，但班固笔锋一转，又落笔道："然疾恶泰甚，中伤者多，尤巧为狱文，善史书，所欲诛杀，奏成于手，中主簿亲近史不得闻知。奏可论死，奄忽如神。"这番话，是责备，也多少有点为严延年开脱的意味。

严延年少年时代就在丞相府学习法律，懂法不况，还敢于直言，曾因弹劾大臣霍光而使"朝廷肃焉敬惮"。从县令，到太守，严延年一面打击豪强，一面杀人如麻，落了一个"屠伯"的恶名。他治理过的地方，一则是"道不拾遗"、"令行禁止"，一则是吏民"战栗不敢犯禁"。严延年惩治恶人，这没什么过错；严延年靠杀人维持治安，又属无道。他的母亲千里迢迢赶来相聚，正碰上严延年处决大批犯人，震惊之余，老母亲对严延年说：你有幸当上了郡太守，负责治理方圆千里的地方。我没听说你用仁爱之心教化百姓，以使百姓安宁，却见你仅靠刑罚和杀人来建立威信，你当的是老百姓的父母官吗？临走之前，老母亲又伤心地对严延年说：老天有眼，不会看着你乱杀人而不管。想不到我老了还要看着年壮的儿子承受刑罚。我先走了，回你的老家，先为你准备墓地去。老母亲的话，不久就应验了。由于他人告发，严延年以"坐怨望非谤政治不道"罪,被处死刑,陈尸示众。这些罪名,说实也实,说虚也虚,在那个时代,"杀头"是足够了。严延年老母亲不忍看到的,天下人怎愿看到?杀人过多,反被杀头,这个结局,本来也没什么出人意料。之所以说严延年这个人有些可惜,是说如果他执法别过了头,别仅靠一个"杀"字治一方平安,他可能是个有为的人才。

班固对严延年,字里行间透着某种同情。作者之所以这样来记述严延年,实际上提出了一个问题:"酷吏"除了"酷"的共性,还有品性的差异。严延年的"酷",当然有可恨之处,当然有失道之处,当然有不可原谅之处,但是,班固向人们展示出来的,不只是严延年个人的悲剧,而是封建社会里某一类人的悲剧。这类人的共同特点是:一,做官不是为了牟取私利;二,有敢作敢为的精神;三,办事掌握不好分寸,经常把事情做过头;四,为官为政的做法不同一般,但争议更大;五,个人基本上都以悲剧告终。对这类人物,史学家们的用笔,往往独具匠心。班固写严延年,告诉后人的,远比纸面上的东西多,远比纸面上的东西深。

读《史》,读到纸的背面,有时候才觉得纸太厚,翻动起来太困难。史学家其实也是思想家。看到文字的"表"容易，而读透文中的"里"难。只有"由表及里"地看明白、读懂了，才不会辜负史学家的一片苦心。

"始"与"终"

——读史札记之九

"只见今日古长城，不见昔日秦始皇。"游长城，人们都会发出这样的感慨。长城今犹在，始皇已早逝，这种"物是人非"，说明了历史潮流的有情和无情。历史在前进的过程中，翻过的每一页，大都是"始"与"终"的记录。一朝又一朝，一代又一代，如春草萌发，如秋叶落地，不论喜忧，不论悲欢，《史》很冷静地一页页地写着、一页页地翻着。

读《史》，是读人。读人，又要读人的文。印象里，要研究封建社会的历史踪迹，有两篇文章，思索"始"

与"终"，不能不读。这两篇文章的作者，一个是唐之魏徵，一个是明之方孝孺。

唐初杰出的政治家中，魏徵以直言敢谏占有重要一席。他在《谏太宗十思疏》中，对随着国势安定、经济发展而滋长了骄傲情绪的唐太宗，提出了一番警告。几百个字的文章，把"理"说透了，把"道"指明了：

"臣闻求木之长者，必固其根本；欲流之远者，必浚其泉源；思国之安者，必积其德义。源不深而望流之远，根不固而求木之长，德不厚而思国之安，臣虽下愚，知其不可，而况于明哲乎？人君当神器之重，居域中之大，不念居安思危，戒奢以俭，斯亦伐根以求木茂，塞源而欲流长也。

凡昔元首，承天景命，善始者实繁，克终者盖寡。岂取之易，守之难乎？盖在殷忧，必竭诚以待下；既得志，则纵情以傲物。竭诚，则吴、越为一体；傲物，则骨肉为行路。虽董之以严刑，振之以威怒，终苟免而不怀仁，貌恭而不心服。怨不在大，可畏惟人。载舟覆舟，所宜深慎。

诚能见可欲，则思知足以自戒；将有作，则思知止以安人；念高危，则思谦冲而自牧；惧满盈，则思江海下百川；乐盘游，则思三驱以为度；忧懈怠，则思慎始而敬终；虑壅蔽，则思虚心以纳下；惧谗邪，则思正身以黜恶；恩所加，则思无因喜以谬赏；罚所及，则思无以怒而滥刑。总此十思，宏兹九德。简能而任之，择善而从之，则智者尽其谋，勇者竭其力，仁者播其惠，信者效其忠。文武并用，垂拱而治。何必劳神苦思，代百司之职役哉？"

"善始者实繁，克终者盖寡。岂取之易，守之难乎？"这个问题，实在是问得好。《周易》有句话，说得早，说得深刻："君子安而不忘危，存而不忘亡，治而不忘乱，是以身安而国家可保也。""生于忧患，死于安乐"。魏徵之谏，唐太宗是能够听进去的，因为唐太宗本人对朝代兴亡更替也很有自己的深刻见解。唐太宗曾痛心疾首地批评晋武帝："骄泰之心，因斯而起。见土地之广，谓万叶而无虞；睹天下之安，谓千年永治，不知处广以思狭，则广可长广，居治而忘危，则治无常治"，"良田失慎于前，所以贻患于后；是以君子防其始，圣人闭其端。"的确，历代王朝，打江山者

288

用千难万险、出生入死换来天下太平，亡国之君又多奢靡淫乐。在唐之前，有秦、汉、魏晋南北朝、隋，经验教训已经不少，轰轰烈烈开始，凄凄惨惨结束，其兴也快，其衰也速，根子在哪里？为什么要居安思危？魏徵在这里作了高度概括，这"十思"，是当君为政的十项原则，做到了，就可以治理好国家。

方孝孺生于公元 1357 年，是浙江宁海人，明太祖时任汉中府学教授，明惠帝时任文学博士。因不肯为篡位的明成祖服务而惨遭杀害，诛连十族。他曾写有一组论说文，总题叫《深虑论》，第一篇文字也仅几百字，历数秦汉以来历朝灭亡的教训，写得相当有哲理，其文如下：

"虑天下者，常图其所难，而忽其所易；备其所可畏，而遗其所不疑。然而祸常发于所忽之中，而乱常起于不足疑之事。岂其虑之未周与？盖虑之所能及者，人事之宜然，而出于智力之所不及者，天道也。

当秦之世，而灭诸侯，一天下。而其心以为周之亡在乎诸侯之强耳，变封建而为郡县。方以为兵革可不复用，天子之位可以世守，而不知汉帝起垄

289

亩之中，而卒亡秦之社稷。汉惩秦之孤立，于是大建庶孽而为诸侯，以为同姓之亲，可以相继而无变，而七国萌篡弑之谋。武、宣以后，稍剖析之而分其势，以为无事矣，而王莽卒移汉祚。光武之惩哀、平，魏之惩汉，晋之惩魏，各惩其所由亡而为之备，而其亡也，盖出于所备之外。唐太宗闻武氏之杀其子孙，求人于疑似之际而除之，而武氏日侍其左右而不悟。宋太祖见五代方镇之足以制其君，尽释其兵权，使力弱而易制，而不知子孙卒困于敌国。此其人皆有出人之智，盖世之才，其于治乱、存亡之几，思之详而备之审矣。虑切于此而祸兴于彼，终至乱亡者何哉？盖智可以谋人，而不可以谋天。良医之子，多死于病；良巫之子，多死于鬼。岂工于活人而拙于谋子也哉？乃工于谋人而拙于谋天也。

古之圣人，知天下后世之变，非智虑之所能周，非法术之所能制，不敢肆其私谋诡计，而惟积至诚，用大德以结乎天心，使天眷其德，若慈母之保赤子而不忍释。故其子孙虽有至愚不肖者足以亡国，而天卒不忍遽亡之。此虑之远者也！夫苟不能自结于天，而欲以区区之智笼络当世之务，而必后世之无危亡，

290

此理之所必无者，而岂天道哉？"

时光流到方孝孺时代，已是公元 14 世纪。这时候，中国封建社会，已从魏徵所在的初唐，过了中唐、晚唐，过了五代，过了北宋、南宋，过了辽金，过了元代，进入了明初。前车之鉴，比之魏徵所见所闻又多了不少章回。方孝孺满腹忧虑，从"当秦之世，而灭诸侯，一天下"说起，道出了"良医之子，多死于病；良巫之子，多死于鬼"的名言，点出了统治者应"用大德以结乎天心"的关键所在，这"天心"实际是指"民心"，也就是要阐述"得民心者得天下"的道理。

古书上曾记有列子学箭的故事。列子学习射箭，学得相当用功。当他射中了靶子，就请教关尹子，请求得到指点。关尹子问：你知道你之所以射中的原因吗？列子如实回答：不知道。关尹子说：你还不行。列子回去又练了 3 年，然后再来找到关尹子，讲了这 3 年的学箭体会。关尹子还是问那个"老问题"：你知道你之所以射中的原因吗？列子这次回答：知道了。关尹子满意地说：这就行了，保持这种技巧，不要遗忘了。从射箭，关尹子还引伸开去：不光是学箭如此，治理国家和修身养性的道理也在这里。所以圣人不注重考究事物的存在或消亡，而注重考究事物存在或消亡的原因。这个小故事，告诉人们的道理，如同魏徵、方孝孺在文中苦口婆心要表达出来的意思一样，对兴衰存亡，"知其然"不算什么，关键要"知其所以然"。

苏轼曾在《乞校正陆贽奏议进御札子》中写道："窃谓人臣之纳忠，譬如医者之用药。药虽进于医手，方多传于古人。"读魏徵和方孝孺的文章，可以清楚地看到：治国安邦的"药方"其实一直都延存于世间，如果有了"良医"，能看到并用好这"药方"，则可使国家安定，社会进步，民族团结，经济发展，人民富足。当然，这个"药方"不应是一成不变的，也要随着时代的变迁，结合已经变化了的现实生活，作不断的完善和补充。

史如江浪淘沙，滔滔代逝。后人对前人的检讨和反思，往往是由"果"及"因"。有时看到的是"一因一果"，有时看到的"多因一果"，有时看到的是"多因多果"，有时"前果"成了诱发和导致"后果"的"因"。后人看到的更多、更深，对前人的败亡也就更觉痛切。

魏徵，生于公元 580 年，死于公元 643 年；方孝孺，生于公元 1357 年，死于公元 1402 年。前者比后者早生 700 多年,也早死 700 多年。但 700 多年的时差,没有影响两个人在治国理政规则上的共识。唐之亡,明之亡,都证明了两个人见解的深邃。两千多年封建社会的朝代更替史,始终走不出这种"循环",说明封建社会体制在"基因"上就埋有祸根。魏徵、方孝孺是看到这个祸根的少数人中的两位。

"前"与"后"
——读史札记之十

　　钱穆先生在《国史大纲》中，有一段话给人印象极深："凡读本书请先具下列诸信念：一，当信任何一国之国民，尤其是自称知识在水平线以上之国民，对其本国已往历史，应该略有所知。二，所谓对其本国已往历史略有所知者，尤必附随一种对其本国已往历史之温情与敬意。三，所谓对其本国已往历史有一种温情与敬意者，至少不会对其本国已往历史抱一种偏激的虚无主义，亦至少不会感到现在我们是站在已往历史最高之顶点，而将我们当身种种罪恶与弱点，一切诿卸于古人。

四，当信每一个国家必待其国民具备上列诸条件者比数渐多，其国家乃再有向前发展之希望。"

钱穆先生是江苏无锡人，一生教书育人，著述颇多，书写了六十余本，史学造诣尤深。他的这篇"开场白"，耐人寻味。概括起来，钱穆先生是说，不知史不行，知史而不知"今古之道"也不行。"今古之道"，根本的根本，是要正确地评价过去，正确地看待现在，正确地想望未来。历史的虚无主义，危害不浅。它使有的人不懂得必要的"继承"，从而也就不会有应有的"发扬"。作为后人，通过读史知史，可以了解古人的艰辛、成败、得失、功过，也就容易懂得我们现在的生活是从哪里来的，现在的精神和物质的财富是怎么创造出来的，什么东西应该珍惜再珍惜。其实，对古人，对古人的艰辛，古人的酸楚，古人的苦难，古人的付出，我们所知不过十之一二。读史知史，还可以预测我们还要到哪里去，明天的精神和物质的财富会有哪些增减；可以对比，我们今天究竟比前人又前进了多少，在哪些地方我们甚至还赶不上前人，等等。这样来读史知史，益处甚多。

"我们现在比他们那个时候强多啦！"有人时常用

这样一种口吻藐视前人。实际上，这并不是正确的薄古厚今论，而是患上了愚蠢的短视症。对前人，不是要迷信，而是要客观。人类的进化，是台阶式或螺旋式的，即便在某个时点上会有奇异的跳跃，但也是在已有的基础上的快进，而不可能是"无源之变"。我们自己就是后人的前人。我们藐视前人，后人将如何看待我们？我们不能说坐着牛车的孔子"节奏太慢了"，不能说没有手提电话、没听过广播、没看过电视的秦始皇"耳目太闭塞了"，不能说没乘过火车、飞机的唐太宗"时间观念太差了"，不能说不用电脑、不上互联网的康有为"手脚太笨了"……仔细想想，看历史之过去，还有许多的"不能说"。

后人比前人有点进步，不论是精神上的进步，还是物质上的进步，都是应该的，是不值当自满自大的。或许，古人的墓碑上的字迹已模糊了；或许，古人的悲欢已被岁月的风吹淡了；或许，古人之间的恩怨已淹没在荒野里了；……但作为后人，一定要明白我们脚下的基石是他们在奋争、苦熬的劳作中铺就的，而站在这厚重的基石上，在我们身上仍时时抖出幼稚可笑的举止，仍有许多背离时代发展需要的缺点与毛病。可以肯定地说，后人总要过超过前人的生活，应该更幸福，更充实，生活质量应该更高，思维应该更加辩证和科学，应该对生活真谛有更多的"悟"，这都是情理之中的事。但是，作为今天比前人生活更幸福的后人，我们应该理智、冷静地谈古论今，应该对作出了牺牲和贡献的前人，怀有一种崇敬和惦记，也要有他们的那种历史责任感，使人类前进的步伐更快些，弯路走得更少些，让人类之间，相亲相爱，互帮互助，和平共处，让祖先梦想中的"美好""美景"更多地变为现实。这是后人读史时应有的彻悟。

"见"与"识"
——读史札记之十一

　　史官，离"史实"很近，是见事见人而"同步记史"。而史学家则是"辨史"、"著史"、"论史"。史官"记史"，衡量标准在于是否真实，重在"史实"，客观、准确是第一位的："一"就是"一"，"二"就是"二"，"三"就是"三"，记录的是最基本的"史料"。史学家的职责，是从"史料"中理出"脉络"，分辨"史料"中的轻重、粗细、真伪，找出"史实"，甚至发现历史之规律。一句话，史官之优势在于"见"，史学家之职责在于"识"。从"见"到"识"，是一个递进，一个飞跃。"见"是"基础"，"识"是提升。

然而,"见"与"不见","识"与"不识",又不是那么简单。

"见",有表里,有真假;"识"也有深浅,有高低。对史学家而言,"史实"在浩瀚的大海里,或时沉时浮,或淹没海底,从"考古"中"找",从"史籍"中"找",从"文物"中"找",甚至从"民间传说"中"找",不容易,沙里淘金,千辛万苦。而收获了"史实"之后,"识"的生发,就异常重要了。"识"是思想,是"由表及里",是"由此及彼",是"由浅到深"。从"史料",到"史实",到"史识",再到"史论",是升华,是递进,是更大的收获。看人论事,要全面,要辩证,要客观,要长远,这是史学家的职责,也是人间正道的要求。

实际上,世间的的确确生存着一种"无言的力量"。孔子著《春秋》,是史学家。孔子说:"予欲无言。"子贡问:"子如不言,则小子何述焉?"孔子说:"天何言哉?四时行焉,百物生焉。天何言哉?""四时行焉","百物生焉",春夏秋冬,从冰融雪化,到花叶茂盛,到果实累累,再到百木凋零,大自然的笔墨,尽绘尽染,完全有自己的来去路径。在四季轮回中,万物当生时生,当死时死,往往无视人的际遇感受,使人顿觉渺小和无奈。其实,孔子在这里,并不是一种消极的态度,而是一种

"大识"。他在讲，世界的"内在"，并不需要某种虚荣的"外表"，甚至不需要所谓的"揭示"。许许多多的"内在"，不论你看得见、看不见，不论你弄明白、弄不明白，他们都依然是客观存在的。这种"大识"，其实很重要。人生短暂，当有所为有所不为，知道世界的"内在"，在顺应中坦然面对，在顺应中有所作为，在顺应中积极创造，耕耘中会不断有收获的体验。史学家的非凡，正在于此。

《史》之由来，是史官和史学家的前后劳作之功。史官、史学家所期盼的，是世人能从读《史》中有所感悟和心得，《史》能让人知"往来"，知"兴衰"，知"更替"，解疑惑，望未来，益处颇多。通过读《史》，后人应更敬重史官、史学家们：人类之来去，岁岁年年，从史官到史学家，所作所为，不为己利己益，而为天下之利之益。人类文字产生后在千百年里始终有忠于职守的史官、史学家的艰辛耕耘，实在是人类的大需大求。这大需大求，就是鉴古知今，古为今用，从历史之经验教训中找到成事成业成功的最佳路径，天下太平，人尽其才，物尽其用，和顺美满，民富、民安、民乐，努力实现"男耕女织天下平，千古万古无战争"的理想境界。

"美"与"丑"
——读史札记之十二

　　不论艰难困苦，不论曲折坎坷，古今中外，人类始终在追寻美好的一切。实际上，世间美好的东西，有限又无限。美好的东西，无处不在，而又散易聚难。万千物种，百草百花，其丽其奇，其光其彩，闪现于不同时空，分散于异地各处。而聚合其利其益，需有大智慧。善施政者，善治者，恰能深刻领悟聚合之道，会尽一切办法使人们知美丑，正如老子所言："天下皆知美之为美，斯恶已；皆知善之为善，斯不善已。"

　　散易聚难，根因在于美好的东西来之不易，且时常与丑恶的东西相邻而存。不仅如此，美好的东西还时常受到丑恶的东西的袭扰。更令人痛心的事，时常还有人美丑不分，甚至以丑为美。

以丑为美，事例亦不少。杜牧《阿房宫赋》中写道："秦爱纷奢，人亦念其家；奈何取之尽锱铢，用之如泥沙？使负栋之柱，多于南亩之农夫；架梁之椽，多于机上之工女；钉头磷磷，多于在庾之粟粒；瓦缝参差，多于周身之帛缕；直栏横槛，多于九土之城郭；管弦呕哑，多于市人之言语。"秦王认为的宫中之"美"，实为天下人公认之"丑"。这里，能透见秦亡之根因：以丑为美，损天下人利益，失天下人之心。

"美"与"丑"，既是事物的两端，又是"客观"和"主观"的结合。从"客观"上讲，"美"与"丑"总是有区分、有界限的，"美"就是"美"，"丑"就是"丑"。从"主观"上讲，对"美"与"丑"的认知、判定，又有心际的标尺和权衡。不同的人，甚至同一人在不同的时候，心里眼中之"美"与"丑"，往往又有些许差异甚至是巨大的差异。

走出眼界和私心杂念的"局限"，走出自己设定的"思想牢笼"，是需要智慧和勇气的。《吕氏春秋》有一段晋平公与大夫祁奚的对话很值得回味。祁奚向晋平公推荐人才，令人意外地推荐了自己的仇人。他这种"举贤不避仇"的胸怀，打破了"仇人等于坏人"的习惯思维，令人称道。祁奚之不凡，在于他心中有客观公正的美丑标准。"尺有所短，寸有所长。"看人论事做到知美知丑，美丑分明，实在不易。

不论何时何人，认知客观，把握主观，既是"无限"的，又是"有限"的。世界万事万物，就在你的面前，只要有科学的态度，客观的眼光，正确的思辨，得当的办法，可探可索可求可知的天地是广阔无垠的。这是一种"无限"。但同时，人生百岁，人只能生在某一时空里，有起点，有终点，所探所索所求所知，总有到不了的地方和到不了的时候。这就是一种"有限"。

《管子》中说："天生四时，地生万财，以养万物，而无取焉。明主配天地者也，数民以时，劝之以耕织，以厚民养，而不伐其功，不私其利。故曰：'能予而无取者，天地之配也'。"天地之间，自有大美在。从"予取之道"的里里外外，透见美与丑的界限。这里，既讲了"天地"的一种"境界"，也讲了"明主"的一种"作为"，彰显着"顺势而为"所达成的一种理想境界。天下大势，

303

知察之道，善治之策，须苦苦追寻。让"美""丑"相分，促"美"多"丑"少，需要有体制机制、社会环境的保障。作为政治家，心胸须宽广，眼界须开阔，视线须长远，大德大智大勇者，会有这样的追求和担当：聚合善美，抑制恶丑；会有这样的认知和警醒：凡乱世末局，往往是黑白颠倒，恶丑的东西泛滥成灾，百姓遭受苦难。好的社会制度，会通过教化、引导、规范甚至惩治来保障美丑分明，美增丑减。盛世与危世，纵然有千变万化，形形态态，世道人心总是根本的决定力量。这里面，含有"盛"之由、"危"之源。

修订版后记

　　《史街背影》从 2000 年 7 月出版至今，已有十余年了，其间，该书印刷了两次，第二次印刷曾作过一些小的修订和补充。2011 年的修订版，对部分篇目作了一些文字性的修改，又补充了少量的内容。我想，尽管再次修订，书中一定还有不少疏漏和错误，希望广大读者对新的修订版继续关注并提出宝贵意见。

　　在本次修订过程中，新星出版社的领导和编辑同志，付出了辛勤劳动，给予很多支持和帮助，借此机会，表示衷心的感谢。

庹 震

2011 年 5 月 15 日